林贤治 主编
百年中篇典藏

到城里去

刘庆邦 著

南方出版传媒
花城出版社
中国·广州

图书在版编目（CIP）数据

到城里去 / 刘庆邦著. -- 广州：花城出版社，2020.8

（百年中篇典藏 / 林贤治主编）

ISBN 978-7-5360-9083-5

Ⅰ.①到… Ⅱ.①刘… Ⅲ.①中篇小说－小说集－中国－当代 Ⅳ.①I247.5

中国版本图书馆CIP数据核字(2020)第118802号

出 版 人：肖延兵
丛书策划：张　懿
出版统筹：邹蔚昀
责任编辑：曹玛丽　谢　蔚
技术编辑：凌春梅
装帧设计：林露茜

书　　名	到城里去
	DAO CHENG LI QU
出版发行	花城出版社
	（广州市环市东路水荫路11号）
经　　销	全国新华书店
印　　刷	恒美印务（广州）有限公司
	（广州南沙经济技术开发区环市大道南路334号）
开　　本	880毫米×1230毫米　32开
印　　张	4.625　2插页
字　　数	100,000字
版　　次	2020年8月第1版　2020年8月第1次印刷
定　　价	40.00元

如发现印装质量问题，请直接与印刷厂联系调换。
购书热线：020-37604658　37602954
花城出版社网站：http://www.fcph.com.cn

总序

林贤治

中国新文学从产生之日起,便带上世界主义的性质。这不只在于由文言到白话的转变,重要的是文学观念的革新。从此,出现了新的文体,新的主题,新的场景、人物和故事,于是一个新的文学时代开始了。

以文体论,所谓"文学革命"最早从诗和散文开始。小说是后发的,先是短篇,后是中篇和长篇,作者也日渐增多起来。由于五四的风气所致,早期小说的题材多囿于知识人的家庭冲突和感情生活;继"畸零人"之后,社会底层多种小人物出现了,广大农民的命运悲剧与农村中的阶级斗争进而廓张了小说的疆域,随后,城市工人与市民生活也相继进入了小说家的视野。小说以它的叙事性、故事性,先天地具有一种大众文化的要素,比较诗和散文,影响更为迅捷和深广。

从小说的长度看,中篇介于短篇与长篇之间,但也因此兼具了两者的优长。由于具有相当的体量,中篇小说可以容纳更多的社会内容;又由于结构不太复杂而易于经营,所以,自二十世纪二十年代以来,小说家多有中篇制作。论成就,或许略逊于长篇,但胜于短篇是肯定的。

一九二二年，鲁迅在报上连载《阿Q正传》。这是新文学运动发生以后的第一个中篇小说，在革命的大背景下，为国人的灵魂造像；形式之新，寓意之深，辉煌了整个文坛。阿Q，作为一个典型人物，相当于塞万提斯笔下的堂·吉诃德，在中国，为广大的人们所熟知，他的"精神胜利法"成了民族的寓言。在二十年代，创造社和文学研究会的作家创作颇丰，中篇小说作家有郁达夫、废名、许地山、茅盾，以及沅君、庐隐、丁玲等。郁达夫在五四文学中享有盛名。他的小说，最早创造了"零余者"的形象，其中自我暴露、性描写，在当时是惊世骇俗的，虽然有颓废的倾向，却不无反封建的进步的意义。《迷羊》《她是一个弱女子》是他的代表性作品，打着时代特有的个性主义和人道主义的双重烙印。在丁玲的《莎菲女士的日记》中，作为刚刚觉醒的女性主义者，追求个性解放和自由恋爱的莎菲女士，结果陷入歧路彷徨、无从选择的困局之中，表现了一代五四新女性所面临的新观念与旧事物相冲突的尴尬处境。继鲁迅之后，一批"乡土作家"如台静农、蹇先艾、许钦文、王鲁彦等崛起文坛，是当时的一个突出的文学现象。但是佳作不多，中篇绝少。

毕竟是新文学的发轫期，二十世纪二十年代的小说大多流于粗浅，至三十年代，作家队伍迅速扩大，而且明显地变得成熟起来。有三种文学，其中一种是所谓"民族主义文学""三民主义文学"；另一种与官方文学相对立，在当时声势颇大，称为"左翼文学"。以"左联"为中心，小说作家有茅盾、柔石、蒋光慈、叶紫、张天翼、丁玲，外围有影响的还有萧军、萧红等。其中，中篇如《林家铺子》《二月》《丽莎的哀怨》

《星》《八月的乡村》《生死场》，都是有影响的作品。茅盾素喜取景历史的大框架，早期较重人物的生理和心理描写，有点自然主义的味道，后来有更多的理性介入，重社会分析。中篇《林家铺子》讲述杭嘉湖地区一个小店铺老板苦苦挣扎，终于破产的故事。同《春蚕》诸篇一起，展开二十世纪三十年代民族危难、民生凋敝的广阔的社会图景。《二月》是柔石的一部诗意作品。小说在一个江南小镇中引出陶岚的爱情，文嫂的悲剧，和一个交头接耳、光怪陆离而又死气沉沉的社会。最后，主人公萧涧秋在流言的打击下，黯然离开小镇。作者以工妙的技巧，揭示了知识分子在残酷的现实生活中进退失据的精神状态。诗人蒋光慈的小说《丽莎的哀怨》《冲出云围的月亮》发表后，受到左翼作家的批判，影响轰动一时。其实"革命+恋爱"的创作模式，并不能遮掩小说所展露的人性的光辉。特别在充斥着"左"倾教条主义政治话语的语境中，作者执着于对"人"的描写，对人性与环境的真实性呈现，是极为难得的。萧军和萧红是东北流亡作家，作品充满着一种家国之痛。《八月的乡村》以场景的连缀，展示了与日本和伪满洲国军队战斗的全貌。《生死场》超越民族和国家的限界，着眼于土地和人的生存。"在乡村，人和动物一起忙着生，忙着死"，是贯穿全篇的主旋律。小说有着深厚的人本主义的内涵，带有启蒙的意义。

此外，还有一种文学，来自一批自由派作家，独立的作家，难以归类的作家。如老舍、巴金、沈从文等，在艺术上，有着更为自觉的追求。像沈从文的《边城》《长河》，就没有左翼作品那种强烈的阶级意识。沈从文自称"是个不想明白道

3

理却永远为现象所倾心的人"。他倾情于"永远的湘西",着意于表现自然之美与野蛮的力,叙述是沉静的,描写是细致的,一些残酷的血腥的故事,在他的笔下,也都往往转换成文化的美,诗意的美,而非伦理的美。巴金早期的小说颇具政治色彩,如《灭亡》;而《憩园》,则是一种挽歌调子,很个人化的。施蛰存等一批上海作家是另一种面貌,他们颇受西方现代派文学的影响,从事实验性写作。不过,值得指出的是,左翼作家是一批青年叛逆者,敢于正视现实、反抗黑暗;其中有些作品虽然因意识形态的影响而在一定程度上削弱了艺术的力量,但是仍然不失为当时最为坚实锋锐的文学,是五四的"人的文学"的合理的延伸。

整个二十世纪四十年代动荡不安。这时,除了早年成名的作家遗下一些创作外,新进的作家作品不多,突出的有张爱玲的《金锁记》和路翎的《饥饿的郭素娥》。张爱玲善于观察和描写人性幽暗的一面,《金锁记》可谓代表作。路翎的《饥饿的郭素娥》何尝不是写人性,却是张扬的、光明的、美善的。在劳动妇女郭素娥的身上,不无精神奴役的创伤,却更多地表现出了与命运抗争的顽强的生命力。延安文学开拓出另一片天地:清新、简朴、颂歌式。丁玲的《在医院中》《我在霞村的时候》,以及赵树理的《小二黑结婚》《李有才板话》,形态很不相同,但在文学史上都有着全新的意义。在丁玲这里,明显地带有五四时期的个人主义和女性主义的残留,所以当时遭到不合理的批判。赵树理的小说,可以说专写农村和农民,但不同于此前知识分子作家的乡土小说,强调的不是苦难,而是新生的活力和希望。语言形式是民族的、传统的,结合现代小说的元素，有个人的创造性，但无疑地更加切合时代的需要。所以，周扬高度评价赵树理的作品，称为"新文艺的方向"。

一九四九年以后，中国有了统一的文坛。从五十年代初期的文艺整风开始，多种政治运动接连不断，对作家的思想、个性和创造力造成了不同程度的损害。比如对萧也牧的《我们夫妇之间》的批判，以及随后对路翎入朝创作的《洼地上的战役》等小说的批判，都在小说界产生了直接的消极影响。

二十世纪五六十年代的中短篇小说颇为寥落。少数青年作者带有锐意的作品，如王蒙的《组织部来了个年轻人》，较早表现反官僚主义的主题。小说也许受到来自苏联的"写真实""干预生活"等理论和作品的影响，但是作者无意模仿，这里是来自五十年代中国的真实生活，和一个"少布"的理想激情的历史性相遇。它的出现，本是文学话语，通过政治解读遂成为"毒草"，二十年后同众多杂草一起，作为"重放的鲜花"傲然出现。老作家孙犁以一贯的诗性笔调写农业合作化运动，自然被"边缘化"；赵树理一直注目于农村中的"中间人物"，却在一九六二年著名的"大连会议"之后为激进的批判家所抛弃。"文革"十年，文坛荒废，荆棘遍地；所谓"迷阳聊饰大田荒"，甚至连迷阳也没有。

"文革"结束以后，地下水喷出了地面。以短篇小说《伤痕》为标志的一种暴露性文学出现了，此时，一批带有创伤记忆的中篇如《天云山传奇》《犯人李铜钟的故事》《大墙下的红玉兰》《绿化树》《一个冬天的童话》《被爱情遗忘的角落》等同时问世。《绿化树》叙写的是右派章永璘被流放到西北劳改农场的经历，是张贤亮描写中国知识分子历史命运的一部力作。与其他"大墙文学"不同的是，作者突出地写了食和性。通过对主人公一系列忏悔、内疚、自省等心理活动的描写，对饥饿包括性饥饿的剖视，真实地再现了特定年代中的知识分子的苦难生活。作者还创作了系列类似的小说，名为"唯物论者的启示录"，对一代知识分子命运作了深入的反思。张弦的小说，妇女形象的描写集中而出色。《被爱情遗忘的角落》《未亡人》《挣不断的红丝线》，其中的女性，无论在农村还是城市，无论是少女还是寡妇，都是生活中的弱势者，极"左"路线下的不幸者、失败者和牺牲者。驰骋文坛的，除了伤痕累累的老作家之外，又多出一支以知青作家为代表的新军，作品有张承志的《北方的河》《黑骏马》，王小波的《黄金时代》，阿城的《棋王》等。或者表达青年一代被劫夺的苦痛，或者表现为对土地和人民的皈依，都是去除了"瞒和骗"的写真实的作品。这时，关注现实生活的小说多起来了。无论是蒋子龙的《乔厂长上任记》、高晓声的《陈奂生上城》，还是谌容的《人到中年》、路遥的《人生》，都着意表现中国社会的困境，不曾回避转型时期的问题。《人到中年》通过中年眼科大夫陆文婷因工作和家庭负担过重，积劳成疾，濒临死亡的故事，揭示中国知识分子的生存现状，可谓切中时弊。小说创造了陆文婷这个悲剧性的英雄形象，富于艺术感染力，一经发表，立即引起社会的巨大反响。

  二十世纪八十年代初期中国作家非常活跃，带来中篇小说空前的繁荣。这时，出现了重在人性表现的另类作品，如汪曾祺的《受戒》《大淖记事》，张洁的《爱，是不能忘记的》，还有史铁生的《关于詹牧师的报告文学》《命若琴弦》等，显示了创作的多元化倾向。汪曾祺的小说创作起步于二十世纪四十年代，却因时代的劫难，空置几十年之后，终至大器晚成。他自称是"一个中国式的抒情的人道主义者"，小说多叙民间故事，十足的中国风。《大淖记事》乃短篇连缀，散文化、抒情性，气象阔大，尺幅千里，在他的作品中是有代表性的。

八十年代中期，"思想解放运动"落潮，美学热、文化热兴起。在文学界，"寻根文学""先锋小说"应运而生。"寻根"本是现实问题的深化，然而，"寻"的结果，往往"超时代"，脱离现实政治。王安忆的《小鲍庄》，以多元的叙述视角，通过对淮北一个小村庄几户人家的命运，尤其是捞渣之死的描写，剖析了传统乡村的文化心理结构，内含对国民性及现实生活的双面批判，是其中少有的佳作。"先锋小说"在叙事上丰富了中国小说，但是由于欠缺坚实的人生体验，大体浅尝辄止，成就不大，有不少西方现代主义的赝品。

至九十年代，中篇小说创作进入低落、平稳的状态。这时，作家或者倡言"新写实主义"，"分享艰难"，或者标榜"个人化叙事"，暴露私隐。无论回归正统还是偏离正统，都意味着文学进入了一个思想淡出、收敛锋芒的时期。王朔是一个异类，嘲弄一切，否弃一切；他的作品，容易让人想起鲁迅的名文《流氓的变迁》，却也不失其解构的意义。这时，有不少作家致力于历史题材的书写或改写，莫言的《红高粱》写抗战时期的民众抗争，格非的《迷舟》写北伐战事，从叙述学的角度看，明显是另辟蹊径的。苏童的《妻妾成群》，写的是大家族的妇女生活。在大宅门内，正妻看透世事，转而信佛；

7

小妾却互相倾轧，死的死，疯的疯。这些女人，都需要依附主子而活，互相迫害成为常态，不失为一个古老的男权社会的象征。尤凤伟的《小灯》和林白的《回廊之椅》写历史运动，视角不同，笔调也很不一样。尤凤伟重写实，重细节，笔力雄健；林白则往往避实就虚，描写多带诗性，比较丁玲的《太阳照在桑干河上》和周立波的《暴风骤雨》等经典作品，却都是带有颠覆性的叙述。贾平凹有一个关于土匪生活的系列中篇，艺术上很有特色。现实题材中，余华的《许三观卖血记》，刘庆邦的《到城里去》，迟子建的《世界上所有的夜晚》，胡学文的乡土故事和徐则臣的北漂系列，多向写出"新时期"的种种窘态。钟求是的《谢雨的大学》，解析当代英雄，包括大学教育体制，是一个值得注意的作品。关于官场、矿区、下岗工人、性工作者，现代化、城市化过程中的一些重大的社会事件和现象，都在中篇创作中有所反映，但大多显得简单粗糙，质量不高。

一百年来，经过时间的淘洗，积累了一批具有经典性、代表性的中篇小说。"百年中篇典藏"按现代到当代的不同时段，从中遴选出二十四部作品，同时选入相关的其他中短篇乃至散文、评论若干一起出版。宗旨是，使读者对具体的作家、作品，乃至一百年来中篇小说创作的源流状貌有一个较为完整的了解。

刘庆邦

作者简介

刘庆邦，男，1951年12月生于河南沈丘县农村。"文革"开始，跟随红卫兵大串连，在学校滞留到1968年才回乡当农民。

1970年7月，被招到河南新密煤矿当工人，先后当过采石工，搞过巷道掘进，挖过煤。1972年年底，调到矿务局宣传部从事新闻报道工作。

1978年春，调到北京原煤炭工业部一家煤矿工人杂志当编辑。1990年加入中国作家协会。2001年11月，调到北京作家协会当专业作家至今。

著有长篇小说《断层》《远方诗意》《平原上的歌谣》等七部，中短篇小说集、散文集《走窑汉》《梅妞放羊》《遍地白花》《响器》等二十余种。短篇小说《鞋》获1997至2000年度第二届鲁迅文学奖。中篇小说《神木》获第二届老舍文学奖。根据其小说《神木》改编的电影《盲井》获第53届柏林电影艺术节银熊奖。曾获北京市首届德艺双馨奖。

少年时代　　　　一家四口

与母亲、弟弟在老家

与王安忆在北京街头

与迟子建在绍兴

和朋友们在俄罗斯

与陈建功、孙少山在黄果树

与林斤澜老师在云南丽江

到城里去

（中篇小说）

刘庆邦

一

嫁人之前，宋家银失过身。不然的话，她不会嫁给杨成方。杨成方个子不高，人柴，脸黑。杨成方的牙也不好看，上牙两个门牙之间有一道宽缝子，门牙老也关不上门。这样子不把门加是人，可他是能说会道也好听，也能填和填和人。杨成方说话也不行，说句话难得像从老鳖肚里抠砂礓一样。老鳖肚子里不见得有砂礓，谁也没见过有人从老鳖肚子里抠出砂礓来。可宋家银在评价杨成方的说话能力时，就是这样比喻的。宋家银之所以在和杨成方相亲之后点了头，因为她对自身心中有数。

《到城里去》手稿

在草原

目录

到城里去　刘庆邦　/1
摸刀　刘庆邦　/81
西风芦花　刘庆邦　/96

想象的局限　刘庆邦　/111
从写恋爱信开始　刘庆邦　/115

刘庆邦创作年表　/123

到城里去

刘庆邦

一

嫁人之前，宋家银失过身。不然的话，她不会嫁给杨成方。杨成方个子不高，人柴，脸黑。杨成方的牙也不好看，上牙两个门牙之间有一道宽缝子，门牙老也关不上门。这样牙不把门的男人，要是能说会道也好呀，也能填话填人。杨成方说话也不行，说句话难得跟从老鳖肚里抠砂姜一样。老鳖的肚子里不见得有砂姜，谁也没见过有人从老鳖的肚子里抠出砂姜来。可宋家银在评价杨成方的说话能力时，就是这样比喻的。宋家银之所以在和杨成方相亲之后勉强点了头，因为她对自身心中有数。既然身子被人用过了，价码就不能再定那么高，就得适当往下落落。还有一个原因，听媒人介绍说，杨成方是个工人。宋家银的母亲托人打听过，杨成方在县城一个水泥预制件厂打楼板，不过是个临时工。临时工也是工人，也是领工资的人。打楼板总比打牛腿说起来好听些。那时的人也叫人民公社社员，社员都在生产队里劳动，挣工分，能到外头当工人的极少。一个村顶多有一个两个，有的村甚至连一个当工人的都没有。宋家银却摊到了一个工人，成了工人家属。这样的名义，让宋家银感觉还可以，还说得过去。

宋家银还有附加条件，不答应她的条件，杨家就别打算使媳妇。杨成方弟兄四个。老大已娶妻，生子。杨成方是老二。老三在部队当兵，老四还在初中上学。他们没有分家，一大家子人还在一个锅里耍勺子。宋家银提的第一个条件，是把杨成方从他们家分离出来，她一嫁过去，就与杨成方另垒锅灶，另立门户，过小两口的小日子。第二个条件是，杨家父母要给杨成方单独盖三间屋，至少有两间堂屋，一间灶屋。这第二个条件跟在第一个条件后面，是为第一个条件作保障的，如果没有第二个条件，第一个条件就不能实现。宋家银提条件的主要目的，是为了进门就能当家做主，控制财权，让杨成方把工资交到她手里。结婚后，她不能允许杨成方再把钱交给父母，变成大锅饭吃掉。她要把杨成方挣的钱一点一滴攒起来，派别的用场。宋家银懂得，不管什么条件，必须在结婚之前提出来，拿一把。等你进了人家的门，成了人家的人，再想拿一把恐怕就晚了。说不定什么都拿不到，还会落下一个闹分裂和不贤惠的名声。这些条件，宋家银不必直接跟杨家的人谈，连父母都不用出面，只交给媒人去交涉就行了。反正宋家银把这两个条件咬定了，是板上钉钉，没有丝毫回旋的余地。杨家的人没有那么爽快，他们强调了盖屋的难处，说三间屋不是一口气就能吹起来的，没有檩椽，没有砖瓦，连宅基地都没有，拿什么盖。宋家银躲在幕后，通过父母，再通过媒人，以强硬的措辞跟杨家的人传话，说这没有，那没有，凭什么娶儿媳妇，把儿媳妇娶过去，难道让儿媳妇睡到月亮地里！她给了对方一个期限，要求对方在一年之内把屋子盖起来，只要屋子一盖起来，她就是杨家的人了。这种说法虽是最后通牒的意思，也有一些人情味在里头，这叫有硬也有软，软中还是硬。至于一年之内盖不起屋子会怎样，媒人没有问，宋家银也没有说。后面的话不言自明。

　　宋家银提出这样的条件和期限，她心里也有些打鼓，也有一点冒险的感觉，底气并不是很足。好在对方并不知道她是一个失过身的人，要是知道了她的底情，人家才不吃她这一套呢。宋家银听说过开弓没有回头箭的说法，既然把话说出去了，就不能收回来，就得硬挺着。也许杨家真的盖不起屋，也许她把在县里挣工资的杨成方错过了，那她也认了。还好，宋家银听说，杨家的人开始脱坯，开始备木料。宋家银松了一口气，她觉得自己取得了初步的胜利。三间屋子如期盖好了，只是墙是土坯墙，顶是麦草顶，屋子的质量不太理想。宋家银对屋子的质量没有再挑剔。她当初只提出盖三间屋，并没有要求一定盖成砖瓦屋。在当时普遍贫穷的情况下，她提出盖砖瓦屋，也根本不现实。

　　坯墙是用泥巴糊的。和泥巴时，里面掺了铡碎的麦草，以把泥巴扯捞起来，防止墙皮干后脱落。泥巴糊的墙皮刚干，宋家银就嫁过去了，住进了新房，成了杨成方的新娘。墙皮是没有脱落，但裂开了，裂成不规则的一块一块，有的边沿还翘巴着，如挂了一墙半湿半干的红薯片子。只不过红薯片子是白的，裂成片状的墙皮是黑的。结婚头三天，宋家银穿着衣服，并着腿，没让杨成方动她。她担心过早地露出破绽，刚结婚就闹得不快活。她装成黄花大闺女的样子，杨成方一动她，她就躲，就噘嘴。她对杨成方说，在她回门之前，两个人是不兴有那事的，这是老辈子传下来的规矩，要是坏了规矩，今后的日子就不得好。杨成方问她听谁说的，他怎么没听说过有这规矩。宋家银说："你没听说过的多着呢，你知道什么！"杨成方退了一步，提出把宋家银摸一摸，说摸一摸总可以吧。宋家银问他摸哪块儿。杨成方像是想了一下，说摸奶子。宋家银一下子背过身去，把自己的两个奶子抱住了，她说："那不行，你把我摸羞了呢！"杨成方说："摸羞怕什么，又不疼。"杨成方把五个指头撮起来，放在嘴前，喉咙里发出兽物般轻吼的声音。宋家银知道，杨成方所做的是胳肢人之前的预备动作，看来杨成方要胳肢她。她是很怕痒的，要是让杨成方胳肢到她，她会痒得一塌糊涂，头发会弄乱，衣服会弄开，裤腰带也很难保得住。她原以为杨成方老实得不透气，不料这小子在床上还是很灵的，还很会来事。她呼隆从床上坐起来了，对杨成方正色道："不许胳肢我，你要是敢胳肢我，我就跟你恼，骂你八辈儿祖宗。"见杨成方收了架势，她又说："你顶多只能摸摸我的手。摸不摸？你不摸拉倒！"杨成方摸住了她的手，她仍是很不情愿的样子，说杨成方的手瘦得跟鸡爪子一样，上面都是小刺儿，拉人。她又躺下了，要杨成方也睡好，说："咱们好好说会儿话吧。"杨成方大概只想行动，对说话不感兴趣，他问："说啥呢？"宋家银要他说说工厂里的事情，比如说干活累不累？一个月能拿多少钱？厂里有没有女工人等。杨成方一一做了回答，干活不怎么累；一个月挣二十一块钱；厂里没有女工，只有一个女人，是在伙房里做饭的。宋家银认为一个月能挣二十一块钱很不少。下面就接触到了实质性的问题，问杨成方以前挣的钱是不是都是交给他爹。杨成方说是的。"那今后呢？今后挣了钱交给谁？""你让我交给谁，我就交给谁。""我让交给谁？我不说，我让你自己说。说吧，应该交给谁？"杨成方吭哧了一会儿，才说："交给你。"尽管杨成方回答得不够及时，不够痛快，可答案还算正确。为了给杨成方以鼓励，她把杨成方的头抱了一下，给了杨成方一个许诺，说等她到娘家回门后回来，一定好好地跟杨成方好。

宋家银回门去了三天，回来后还是并拢着双腿，不好好地放杨成方进去。她准备好了，准备着杨成方对她的身体提出质疑。床上铺的是一条名叫太平洋的新单子，单子的底色是浅粉，上面还有一些大红的花朵。就算她的身体见了红，跟单子上的红靠了色，红也不会很明显。她的身体不见红呢，有身子下面的红花托着，跟见了红也差不多。要是杨成方不细心观察，也许就蒙过去了。她是按杨成方细心观察准备的。不管如何，她会把过去的事瞒得结结实实，决不会承认破过身子。反正那个破过她身子的人已跑到天边的新疆去了，她就当那个人已经死了，过去的事就是死无对证。她是进攻的姿态，随时准备掌握主动。她不等杨成方跟她翻脸，要翻脸，她必须抢先翻在杨成方前头。杨成方要是稍稍对她提出一点疑问，稍稍露出一点跟她翻脸的苗头，她马上就会生气，骂杨成方不要脸，是往她身上泼屎盆子，诬蔑她的清白。她甚至还会哭，哭得伤心伤肺，比黄花儿还黄花儿，比处女还处女。这一闹，她估计杨成方该服软了，不敢再追究她的过去了。她还不能罢休，要装作收拾衣物，回娘家去，借此再要挟杨成方一下，要杨成方记住，在这个事情上，以后不许杨成方再说半个不字。

要说充分，宋家银准备得够充分了。然而她白准备了，她准备的每一个步骤都没派上用场。杨成方显然是没有经验，他慌里慌张，不把宋家银夹着的两腿分开，就在腿缝子上弄开了。宋家银吸着牙，好像有些受疼不过。结果，杨成方还没摸着门道，还没入门，就射飞了。完事后，杨成方没有爬起来，没有点灯，更没有在床单上检查是否见了红。宋家银想，也许杨成方不懂这个，这个傻蛋。停了一会儿，杨成方探探摸摸，又骑到宋家银身上去了。这一回，宋家银很有节制地开了一点门户，放杨成方进去了。她也很需要让杨成方进去。

第二天早上，宋家银自己把床单检查了一下，一朵花的花心那里脏了一大块，跟涂了一层浆糊差不多。她把脏单子撤下来了。娘家陪送给她的也有一床花单子，她把桐木箱子打开，把新单子拿出来，换上了。这样不行，晚上再睡，不能直接睡在新单子上，要在新单子上垫点别的东西才行。好好的单子，不能这样糟蹋。杨成方出去了，不知到哪里春风得意去了。外面的柳树正发芽，杏树正开花，有些湿意的春风吹在人脸上一荡一荡的。小孩子照例折下柳枝，拧下柳枝绿色的皮筒，做成柳笛吹起来。柳笛粗细不一，长短不一，吹出的声音也各不相同。燕子也飞回来了，它们一回来就是一对。一只燕子落在一棵椿树的枝头，翅膀一张一张的，大概是只母燕子。那只公燕子呢，在母燕子上方不即不离地飞着，还叫着。好比它们这时候是新婚燕尔，等它们在这里过了春天夏天到秋天，就过成一大家子了。宋家银心里有些庆幸。杨成方没发现什么，没计较什么，过去的那一章就算翻过去了。她把撤下来的被单再一洗，过去的一切更是一水为净，了无痕迹。

不过呢，可能因为宋家银把情况估计得比较严重，准备得也太充分了，什么事情都没发生，她觉得有些闪得慌。她把对手估计得过高，原来杨成方根本不是她的对手。看来杨成方的心是简单的心，这个男人太老实了。宋家银从反面得出自己的看法：杨成方对她不挑眼，表明杨成方对她并不是很重视，待她有些粗枝大叶。像杨成方这样的老实头子男人，能够娶上老婆，有个老婆陪他睡觉，使他的脏东西有地方出，然后再给他生两个孩子，他的一辈子就满足了，满足死了。他才不管什么新不新，旧不旧，也不讲什么感情不感情。吃细米白面是个饱，吃红薯谷糠也是个饱，他只要能吃饱，细粮粗粮对他都无所谓。宋家银认为自己怎么说也是细粮，把细粮嫁给一个不会细细品味的人，是不是有点瞎搭给杨成方了。渐渐地，宋家银心中有些不平。她问杨成方："你回来结婚，跟厂里请假了吗？"杨成方说："请了。""请了多长时间的假？""一个月。"宋家银说："结个婚用不了那么长时间，还是工作要紧。"杨成方没有说话。又过了一天，宋家银问杨成方，厂里怎样开工资，是不是每天都记工。杨成方说是的。"那，你请假回来，人家还给你记工吗？""不记了。""工资呢？扣工资吗？""扣。"宋家银一听说扣工资就有些着急，脸也红了，说："工人以工为主，请假扣工资，你在家里待这么长时

到城里去 7

间干什么！"杨成方说："别人结婚，都是请一个月的假。人一辈子就结这一次婚，在家里待一个月不算长。"杨成方不嫌时间长，宋家银嫌时间长，她说杨成方没出息，要是杨成方不去上班，她就回娘家去。说着，她站起来就去收拾她包衣物的小包袱。妥协的只能是杨成方，杨成方说好好好，我去上班还不行吗！

二

杨成方的处境不如燕子，燕子一结婚，就你亲我呢，日日夜夜相守在一起。杨成方结婚还不到半个月，就被老婆撵走了，撵到县城的工地去了。

宋家银这样做，是出于一种虚荣。娘家人都知道她嫁的是一个工人，她得赶紧做出证实，证实丈夫的确是个工人。有人问她你女婿呢，她说杨成方上班去了，杨成方的工作很忙。有人建议她也到县城看看，开开眼。这时她愿意把杨成方抬得很高，把自己压得很低，说杨成方没发话让她去，她也不敢去，她啥都不懂，到城里，到厂里，还不够让别人看笑话呢！嫂子跟她开玩笑，说成方把新娘子一个人丢在家里，这样急着往城里跑，别是城里有人拴着他的腿吧。宋家银说她不管，别的女人把杨成方的腿拴断她都不管，只要杨成方有本事，想搞几个搞几个。这样的对话，对宋家银的工人家属身份是一个宣传，让宋家银觉得很有面子。要是杨成方在她面前转来转去，她就会觉得没面子，或者说很丢面子。想想看，杨成方长得那样不足观，嘴又那么笨，简直就是一摊扶不起来、端不出去的泥巴。她呢，虽说不敢自比鲜花，跟鲜花也差不多。把她和杨成方放在一起，就是鲜花插在泥巴上，就是泥巴糊在鲜花上。因了这样的反差，她有些瞧不起杨成方，对杨成方有点烦。眼不见，心不烦。这也是她急着把杨成方撵走的原因之一。更重要的原因，她要让杨成方抓紧时间给她挣钱。工人和农民的区别是什么？农民挣工分，工人挣工钱。农民挣的工分，值不了三文二文，只能分点有限的口粮。工人挣的是现钱。现钱是国家印的，是带彩的，上面有花儿有穗儿，有门楼子，还有人。这样的钱到哪儿都能用，啥东西都能买。能买粮食能买菜，能买油条能买肉，还能买手表洋车缝纫机。宋家银一直渴望过有钱的日子。有一个捡钱的梦，她不知重复做过多少遍了。在梦里，她先是捡到一两个钱，后来钱越捡越多，把她欣喜得不得了。她把钱紧紧地攥在手里，一再对自己说，这一回可不是梦，这是真的。可醒来还是个梦，两只手里还是空的。她结婚，爹娘没有给她钱。按规矩，爹娘要在陪送给她的桐木箱子里放一些压箱子的钱，可爹娘没有放。他们不知从哪里找出四枚生了绿锈的旧铜钱，给她放进箱子的四个角里了。四个角里都放了钱，代表着满箱子都是钱，角角落落里都有钱。这不过是哄人的把戏，如给死人烧纸糊的摇钱树差不多。宋家银是一个大活人，她不是好哄的。她想把早就过了时带窟窿眼的铜钱掏出来扔掉，想想，临走时怕爹娘生气，就算了。做了新娘子的她，身上满打满算只有七毛五分钱，连一块钱都不到。她把这点钱卷成一卷儿，装进贴身的口袋里，暂时还舍不得花。杨成方临去上班，她以为杨成方会给她留点钱。杨成方没留，她也没开口要。毕竟是刚结婚，她还张不开要钱的口。

杨成方不在家，宋家银过的是一口人的日子。一口人好办，只要有口吃的，饿不死就行了。日子真的一天天过下来，宋家银才体会到，弄口吃的也不容易。她把家里的东西都清点过了。婆婆分给她一口铁锅，两只瓦碗，还有四根发黑的、比不齐的筷子。粮食方面，婆婆只分给她两筐红薯片子和一瓢黄豆。婆婆把红薯片子倒在地上。把筐拿走了。婆婆把黄豆倒在一片废报纸上，把瓢也拿走了。食用的香油，婆婆一滴都没分给她。点灯用的煤油，也就是灯瓶子里那小半瓶，眼看也快用完了。盐呢，婆婆也许只抓过去两把三把，现在一点都没有了。过日子不能老是淡味儿，得有点咸味儿。短时间淡着还可以，时间长了不见咸味儿就不算过日子，日子就没味儿，人就没有劲。宋家银以看望婆婆的名义，到婆婆家里去了，她打算先解决一下盐的问题。婆婆家在村子底部的老宅上，去婆婆家她需要走过一条村街。她是新娘子的面貌，水梳头，粉搽脸，头发又光又鲜，脸又大又白。她穿的衣服都是新的，天蓝的布衫镶着月白的边。她浑身都是新娘子那特有的香气。

婆婆见宋家银登门，只高兴了一下，马上就警觉起来。婆婆欢迎人的时候，习惯用一个字的惊叹词，这个惊叹词叫"咦"。婆婆往往把咦拖得很长，似乎以拖腔的长度表示对来人的欢迎程度，咦得越长，对来人越欢迎。婆婆对宋家银咦得不算短，把宋家银亲切地称为他二嫂。宋家银不习惯这种夸张性的惊叹，她很快就把咦字后面的尾巴斩断了，把虚数去掉了。婆婆还不到五十岁，看去满脸褶子，已经很显老，像是一个老太婆。不过婆婆的眼睛一点也不呆滞，转得还很活泛。婆婆是有点烂眼角，眼角烂得红红的。这不但不影响婆婆眼睛的明亮程度，还给人一种火眼金睛的感觉。嫁到杨家来，宋家银这是第一次与婆婆正面接触，仅从婆婆眼角的余光看，她就预感到自己遇到对手了。像婆婆这种岁数的人，灾荒年不知经过了多少个，是手捋着刺条子过来的，一根柴禾棒从她手里过，她都能从柴禾棒里榨出油来，若想从婆婆这里弄走点东西，恐怕不那么容易。宋家银一上来没敢提要盐的话，有新媳妇的身份阻碍着，她还得绕一会儿弯子。婆婆家两间堂屋，两间灶屋。堂屋是北屋，灶屋是西屋。宋家银和婆婆在灶屋里说话，一边说话，一边就把婆婆放在灶台上的盐罐子看到了。盐罐子是黑陶的，看去潮乎乎的，仿佛早被咸盐淹透了。婆婆没有过多地跟她绕弯子，刚说了几句话就切入了正题。婆婆说她来得正好，婆婆正要去找她呢。为给他们盖那三间屋子，家里借人家不少钱，塌下不少窟窿，那些窟窿大张着眼，正等着他们家去捂呢！这还不算，老三虽说在部队当兵，也得说亲，也得盖屋子。这屋子家里无论如何是盖不起了，就是扒了她的皮，砸了她的骨头也盖不起了，你说愁死人不愁死人。婆婆让他二嫂跟成方说说，挣下的工资攒着点，先还还盖屋子欠下的账。宋家银意识到，她和婆婆的较量已经开始了，谁输谁赢还要走着瞧。看来，她当初坚持把杨成方从他们家里拉出来，这一步真是走对了，否则，她一进杨家门就得背上沉重的债务，就会压得她半辈子喘不过气来。现在呢，她和杨成方拍拍屁股从家里出来了，反正她没借人家的钱，家里爱欠多少欠多少，谁借谁还，不关她的事。婆婆说让杨成方还钱，她也不生气。既然是较量，就得讲究点策略，就得笑着来。她对婆婆说："有啥话你跟成方说吧。你儿子那么孝顺，他还不是听你的，你让他向东,他不敢向西。"婆婆承认儿子孝顺是不假,好闺女不胜好女婿,好儿子不胜好媳妇呀。婆婆说这个话,乍一听是给儿媳妇戴高帽,再品却是把责任推给儿媳妇了,她以后从儿子手里剥不出钱来,定是儿媳妇从中作梗。宋家银赶紧把高帽子奉还给婆婆了,说:"山高遮不住太阳,你儿子虽说结了婚,家还是你儿子当着。你可不知道,你儿子厉害着呢,你儿子一瞪眼,吓得我一哆嗦。这不,你儿子让我跟你要只鸡,说鸡下了蛋好换点火柴换点盐,我不敢不来。"婆婆一听就慌了,眼往院子里瞅着,说:"那可不行,家里一共一只老母鸡,还是你嫂子买的。你要是把鸡抱走,你嫂子不杀杀吃了我才怪!"宋家银做出让步,说那就先不抱鸡了,让婆婆先借给她一点盐吧,她已经吃了两天淡饭。和下蛋的母鸡比起来,盐当然是小头,婆婆没有拒绝借给她。婆婆站起来了,说:"我给你抓。"宋家银抢在婆婆前头,说我自己来吧。她从裤口袋里掏出一个手绢,铺在灶台上,端起盐罐子就往下倒。盐罐里的盐也不多了,她把盐罐子的小口倾得几乎直上直下,才把盐粒子倒出来。婆婆跟过去,心疼得像盐杀的一样,要宋家银少倒点儿,少倒点儿,宋家银还是倒了一多半出来。宋家银说:"娘,你不用心疼,等成方发了工资,买回盐来,我还你。借你一钱,还你二钱,行了吧!"婆婆不知不觉又使用了那个咦字惊叹词,她叹得又长又无可奈何,好像还带了一点颤音。这次肯定不是欢迎的意思了。宋家银有些窃喜,她抱母鸡是假,包盐是真。直说包盐,她不一定能包到盐。拿抱母鸡的话吓婆婆一家伙,把婆婆吓得愣怔着,包盐的事就成了。和婆婆的第一次较量,她觉得自己取得了一个小小的胜利。

杨成方上班去了三天,就回来了。宋家银回门去了三天,他去县城上班也是三天,时间是对等的,好像他也回了一次门。他是带着馋样子回来的。如同吃某样东西,他尝到了甜头,吃馋了嘴,回来要把那样东西重新尝一尝,解解馋。又如同,他知道了那样东西味道好,好得不得了,可让他凭空想,不再次实践,怎么也想不全那样好东西的好味道。他不光嘴馋,好像眼也馋,鼻子也馋,全身都馋。亏得杨成方不是一条狗,没长尾巴,要是他长着尾巴的话,见着宋家银,他的尾巴不知会摇成什么样呢。杨成方是天黑之后才到家的,大概他计算好了,进家就可以和老婆上床睡觉。

在杨成方没进家之前,宋家银已顶上了门,准备睡觉。晚上她没有生火做饭,能省一顿是一顿。她也没有点灯,屋里黑灯瞎火。杨成方上班走后,她一次都没点过灯。原来灯瓶子里面的煤油是多少,这会儿还是多少。照这样下去,半年三个月,瓶子里的煤油也用不完。她不是不需要光明,她借用的是自然之光。天刚蒙蒙亮,她就起床了,该干什么干什么。天黑下来了,看不见干活了,她就上床睡觉。她是典型的日出而作,日落而息。她认为睡觉不用点灯,不点灯也睡不到床底下。做那事更不用点灯,老地方,好摸,一摸就摸准了。听见有人敲门,宋家银没想到杨成方会这么快回来,心里小小地吃了一惊。她闪上来的念头是,可能有人在打她的主意,看她是个新崭崭的新娘子,趁杨成方不在家,就来想她的好事。她迅速在脑子里过了一遍,嫁到这个村时间不长,认识的男人还不多,哪个男人这样大胆呢!她把胆子壮了壮,问是谁。杨成方说:"我。"宋家银听出了是谁,却继续问:"你是谁?我不

到城里去 13

认识你！我男人没在家，有啥事你明天白天再来吧！"杨成方报上他的名字，宋家银才把门打开了。宋家银说："我还以为是哪个不要脸的肉头呢，原来是你个肉头呀，你怎么这么快就回来了，吓死我吧！"肉头的说法，让杨成方感到一种狎昵式的亲切，他满脸都笑了。他同时觉得，老婆一个人在家，把门户看得很紧，对他是忠诚的。回预制厂后，那些工友知道他结婚不到一个月就回厂上班，一再跟他开玩笑，说结婚头一个月，天天都要在老婆身上打记号，记号打够一个月，才算打牢了。打不够一个月，中途就退出来，是危险的，说不定就被别人打上记号了。从老婆今天的表现来看，别人给她打记号的可能性不大。杨成方倘是一个会养老婆的人，会讨老婆欢心的人，这时他应当表扬一下宋家银，跟宋家银开开玩笑，说一些亲热的话，并顺势把宋家银抱住，放倒到床上去。可惜杨成方不会这些。宋家银问他怎么回来这么快，他甚至没有说出是因为想宋家银了，他说出来的是："我回来看看。"他又补充了一句，他是下班后才回来的。他的回答不能让宋家银满意，宋家银说："有啥可看的，不看就不是你老婆了，你老婆就跟人家跑了？我还不知道你，就想着干那事，恨不得一口吃成个胖子。我看你只会越吃越瘦，柴得跟狗一样。"杨成方嘿嘿笑着，说宋家银说他是啥，他就是啥，他不跟宋家银抬杠。杨成方对宋家银还是有奉献的，他从随身带的一个提兜里掏出一块馒头大的东西，递给宋家银，让宋家银吃。宋家银以为是一只白馒头，打开纸包一闻，是肉味。杨成方说，县城有一条回民街，那里的咸牛肉特别好吃，特别有名，腌得特别透，里外都是红的。他特地买了一块儿，给宋家银尝尝。宋家银顿时满口生津。男人这还差不多，嘴头子虽说上不去，心里还知道想着她。老实男人并不是一无是处。但宋家银的嘴还是不饶人，说："谁让你花钱买肉的，这样贵的东西能是咱们吃得起的吗！"她很想吃，也忍着口水不吃，摸黑打开自己的箱子，把牛肉重新包好，锁进箱子里去了。

二人上床做完好事，宋家银马上就跟杨成方玩心眼子。她觉得玩心眼子也很有趣，比做那种事还有意思一些。那种事直通通的，是个人就会做。心眼子五花六调，七弯八拐，不是每个人都能玩的。她对杨成方说："千万别让咱娘知道你回来，千万别让那老婆子看见你。要账的把你们家的地坐成井，那老婆子急得上下跳，正等着跟你要钱呢！"杨成方一听就当真了，问那怎么办？是不是他明天藏在屋里不出去。"你明天不去上班了？"宋家银在心里给杨成方画好了圈，想让他明天一早天不亮就往县城赶，就去上班，去挣钱。她不明说。杨成方给她买了那么一块磁登登的咸牛肉，她不能马上就把人家撵走。她只启发杨成方，让杨成方自己说。杨成方果然走进宋家银为他设定的圈子里去了，他说："要不然，我明天趁天不亮就走吧。"宋家银说："这是你自己说的，我可没撵你走。谁不知道你工作积极。"

三

宋家银把杨成方买的咸牛肉尝了一点点，确实很好吃。她那么利的牙，那么好的胃口，若任着她的意儿，她一会儿就把馒头大的咸牛肉吃完了。不过她才舍不得吃呢。她有一个观点，不知什么时候养成的。她认为吃东西不当什么事，再好的东西，也就是从嘴里过一下，再从肠子里过一下，就过去了。有买吃的东西的钱，不如买点穿的，买点用的。买点穿的穿上身，别人都看得见。买点灶具、农具什么的，也能用得长久一些。她还主张，要是得了好吃的东西，自己吃了不如给别人吃，自己吃了什么都落不下，给别人吃了，别人还会说你个好，记你个情。

她把香气四溢的咸牛肉锁进箱子里，被老鼠闻见了，半夜里，老鼠把她的箱子啃得咯嘣咯嘣的。听声音，围在箱子那里的不是一只老鼠，而是许多只老鼠，还没吃到肉，它们已互相打起来了，打得吱吱乱叫。老鼠不是人，她不会让老鼠吃到肉。老鼠那贼东西，你把肉让它们吃完，它们也不会说你一个好。还有她的箱子，箱子是桐木做的，经不住老鼠持久地啃。她决不允许老鼠把她唯一的一口箱子啃坏。老鼠啃响第一声，她就觉得跟啃她的心头肉一样。她翻身坐起，大声叱责老鼠，骂了老鼠许多刻薄的难听话。她的箱子放在脚头，本来没有头冲着箱子睡。为了保护箱子和牛肉，她把枕头搬到箱子那头去了。她不敢再睡沉，稍有动静，她就用手拍箱盖子，吓唬老鼠。她和老鼠斗争了一夜，一夜都没睡踏实。既然这样，她把牛肉吃掉算了吧，不，她带上牛肉，到娘家走亲戚去了。

到了娘家，她对娘说，这是杨成方专门给她爹她娘买的牛肉，是孝敬二老的。这牛肉好吃得很，也贵得很。中午做面条，娘切了几片牛肉放进汤面条的锅里，果然满锅的面条都是肉香味。爹娘吃了宋家银送上的牛肉，宋家银瞄准的交换对象是娘家的鸡。娘家喂有两只母鸡，她打算要走一只。跟婆婆要鸡要不来,她只好跟娘家要。下午临走时,她把要鸡的事提出来了。她没说要鸡是为了让鸡给她下蛋,只说杨成方上班去了,家里连个别的活物都没有,转来转去只有她一个人,怪空得慌。娘说:"你这闺女,都出门子了,还回来刮磨你娘。你女婿挣着工资,你不会让他给你买两只鸡吗!"宋家银说:"买的鸡跟我不熟,咱家的老母鸡跟我熟,我喜欢咱家的鸡。"说着,她已经把一只老母鸡捉住,抱在怀里了。她把老母鸡的脸往自己脸上贴了贴,仿佛在说:"你看,这只鸡跟我不错吧。"

宋家银每次去娘家,返回时都不空手,大到拿一把锄头,小到要一根针头。有时实在没什么可拿了,看到灶屋里有葱,她也会顺便拿上几棵。她拿什么都有理由。比如拿锄头,她说这把锄她用习惯了,用着顺手。比如拿针头,她走娘家还拿着针线活儿,一边跟娘说话,一边纳鞋底子。针鼻子叉了,她要娘给她找一根大针换上,接着纳。宋家银怎么办呢?她和杨成方只有三间空壳屋子,她要一点一点把空壳充填起来,填得五脏俱全,像个居家过日子的样子。宋家银小时候就听人说过,一个闺女半个贼。这个意思是说,当闺女的出嫁后,没有不从娘家刮磨东西的,养闺女没有不赔钱的。既然当闺女的贼名早就坐定了,她不当贼也是白不当。也许爹娘也愿意让她当当贼,仿佛当贼也是当出门子闺女的道理之一。渐渐地,宋家银屋里的东西就多起来了。有了鸡,就有了蛋。有了蛋,离再有小鸡就不远了。

她不把自己混同于普通农民家庭中的农妇,她给自己的定位是工人家属。在家庭建设上,她定的是工人家属的标准,一

到城里去　17

切在悄悄地向工人家属看齐。她调查过了,这个村除了她家是工人家庭,另外还有一家有人在外面当工人。那家的工人是煤矿工人,当工人当得也比较早,是老牌子的工人。因此,那家积累的东西多一些,家底厚实一些。那家的家庭成分是地主,儿子当工人是在大西南四川的山窝里。据说当时动员村里青年人当工人时是一九五八年,那时村里人嚷嚷着共产主义已经实现了,都想在家里过共产主义生活,不想跑得离家那么远。于是,村里就把一个当工人的指标,惩罚性地指定给一个地主家的儿子了。不想那小子捡了个便宜,自己吃得饱穿得暖不说,还时常给家里寄钱。每年一度的探亲假,那小子提着大号的帆布提包回家探亲,更是让全村的人眼气得不行。村里的男人都去他家吸洋烟,小孩儿都去他家吃糖块儿。他回家一趟,村里人简直跟过节一样。那小子呢,身穿蓝色的工装,手脖子上戴着明晃晃的手表,对谁都表示欢迎,一副工人阶级即领导阶级的模样。因为他有了钱,村里人似乎把阶级斗争的观念淡薄了,忘记了他家的家庭成分。也是因为有了钱,他找对象并不难。他娶的是贫农家的闺女,名字叫高兰英。宋家银见过高兰英了,高兰英长得不赖,鼻子高,奶子高,个头儿也不低。高兰英虽说是给地主家的儿子当老婆,因物质条件在那儿明摆着,村里的妇女都不敢小瞧她。相反,她们不知不觉就把高兰英多瞧一眼,高瞧一眼。高兰英一年四季都往脸上搽雪花膏。村里的大闺女小媳妇都搽不起,只有高兰英搽得起。就是那种玉白的小瓶子,里面盛着雪白的香膏子。高兰英洗过脸,用小拇指把香膏子挖出一点,在手心里化匀,先在额上和两个脸蛋子上轻轻沾沾,然后用两个手掌在脸上搓,她一搓,脸就红了，就白了。有的女人说，别看高兰英的脸搽得那么白，他男人在煤窑底下挖煤，脸成天价不知黑成什么样呢！高兰英脸白，还不是她男人用黑脸给她换的。这话宋家银爱听，愿意有人给高兰英脸上抹点黑。不过，这不影响宋家银也买了一瓶雪花膏，也把脸往白了整，往香了整。她挖雪花膏时，也是用小拇指，把小拇指单独伸出来，弯成很艺术的样子，往瓶子里那么浅浅地一挖。她不主张往脸上涂那么多雪花膏，挖雪花膏挖得比较少，有点"雪花"就行了，稍微香香的，有那个意思就行了。

她暗暗地向高兰英学习，却又在高兰英面前傲傲的，生怕高兰英不认同她，看不起她。她心里清楚，高兰英的男人是国家正式工人，是长期工。杨成方不过是个临时工。所谓临时工，就是不长远，今天是工人，明天就不一定是工人。从收入上看，听说高兰英的男人一月能开八十多块钱工资。而杨成方上满班，才开二十一块钱。两个人的工作和收入不可同日而语。宋家银不愿和高兰英多接触，多说话，是担心懂行的高兰英指出杨成方临时工的工作性质。还好，据宋家银观察，高兰英没有流露出一点看不起她的迹象。有一天，宋家银和高兰英走碰面，是高兰英先跟宋家银说话。高兰英还没说上几句话，就开始叹气。高兰英说："人家只看咱们有几个钱儿，不知道咱们当工人家属的苦处，干重活儿没个帮手不说，晚上连个说话的人都没有。"高兰英的说法，让宋家银顿时有些感动，她说谁说不是呢，一连附和了高兰英好几句，好像她们一下子就成了知己，成了同一个战壕里的亲密战友。这样，两位工人家属的联系就建立起来了。下雨天气，高兰英去宋家银家串门

到城里去 19

子，宋家银也到高兰英家进行回访。宋家银每次到高兰英家都很留心，看看高兰英家有什么特别的东西，高兰英家有的，她争取也要有。比如说她注意到高兰英穿了一双花尼龙袜子。这种袜子不像当地用棉线织的线袜子，线袜子穿不了几天底子就破了，还得另外缝上一个硬袜底子。尼龙袜子不仅有花有叶，有红有绿，式样好看，还结实得很，穿到底，底子不待破的。那么，宋家银对杨成方作出指示，让杨成方给她在县城的百货大楼也买一双尼龙袜子。

宋家银对杨成方的限制越来越多，小绳子越勒越紧。杨成方回家的次数，由一星期一次延长到十天一次。宋家银怀孕后，一个月她只许杨成方回家一次。这个回家的日期不能再延长了，因为杨成方一月发一次工资。宋家银要求，杨成方一发了工资，必须立即回家。杨成方回家的日期，换一个说法也可以，就是杨成方什么时候发工资，就什么时候回家。这样，杨成方回家的内容就发生了变化，宋家银让他回家，主要不是为夫妻相聚，不是为了亲热，首先是让杨成方向她交钱。杨成方回家交钱时，只能走直线，不许拐弯，走直线，是一直走回家里去。不许拐弯，是不许拐到杨成方的爹娘那里去。杨成方一进家，她所做的第一件事就是让杨成方解裤带。解裤带不是那个意思，而是她在杨成方的裤衩内侧缝了一个小口袋，杨成方往家里拿工资时，都是装进那个小口袋里。杨成方自己不解裤带，他给宋家银拿回了钱，是有功的人。有功的人都会拿拿糖。他抬起两只胳膊，让宋家银给他解。在这个往外掏钱的问题上，宋家银不跟杨成方较劲，愿意俯就一下。宋家银蹲下身子，动手解杨成方的裤带时，杨成方故意把肚子使劲鼓着，鼓得跟气蛤蟆一样,使裤带绷得很紧,不让宋家银把他的裤带顺利解下来。宋家银知道杨成方的想头,她也有办法,遂在杨成方的裤裆前面捞摸了一把。她一捞摸,杨成方喜得把腰一弯,肚子马上吸了下去,宋家银就把杨成方的裤带解开了。宋家银把钱掏出来数了数,就把钱收起来了。她问杨成方,别的地方放的还有没有钱。杨成方让她摸。她当真在杨成方身上摸,上上下下,口口袋袋,里里外外都摸遍。她一般在杨成方身上别的地方摸不到钱。只有个别时候,能摸到一两个小钱儿,也就是钢镚子。摸到钢镚子,她也收走。杨成方上班走时,她再给杨成方发伙食费。杨成方的伙食费一个月是七块钱,这是杨成方自己定的。杨成方说,他只吃厂里食堂的馒头和稀饭,不吃食堂的炒菜和熬菜,有时顶多吃点咸菜。再吃不饱,他就到街上买点便宜红薯,趁食堂的火蒸着吃。宋家银认为杨成方做得很对,知道顾家。酒,杨成方一滴不沾。更难能可贵的是,杨成方还不吸烟,他从来都不吸烟,一颗烟都不吸。回到家来,他口袋里要装一盒烟,那是工人的做派,烟是给别人预备的。见了叔叔大爷,自己不吸烟的杨成方往往忘了掏烟,宋家银就得赶紧提醒他,说,烟,烟。杨成方这才赶紧把烟掏出来了。烟关系到宋家银的面子,她不能失了这个面子。

后来,杨成方每月的伙食费减少到五块。宋家银找到了别的省钱的办法。杨成方每次回家,她都给杨成方蒸一两锅黑红薯片子面馒头,让杨成方背到厂里去吃。她说,白面馒头太暄乎,不挡饿。红薯片子面馒头瓷实,咬一小口,能嚼出一大口。另外,她还给杨成方腌制了咸菜,用瓶子装好,让杨成方带到厂里去吃。这样,杨成方连厂里一两分钱一份的咸菜也不用花钱买了。杨成方对宋家银的想法配合得很好,宋家银说什么,他愿意顺着宋家银的思路走。宋家银说白面馒头不挡饿,他想想,真的,咬下一大口白面馒头,一嚼就小成一点点了。或许杨成方天生就是一个节俭的人,宋家银让他带到厂里的黑红薯片子面馒头,放得上面都长白毛了,他吃。硬得裂开了,他还吃。他连厂里食堂的稀饭也很少喝了,馏馒头的大锅里有发黄的锅底水,他舀来一碗,就喝下去了。就这样,一个月仅仅五块钱的伙食费,他还能省下一块。

四

宋家银在家庭建设上坚持高标准,暗暗地向高兰英家看齐,并不是亦步亦趋,一味模仿。在某些方面,她要超过高兰英家,高兰英家没有的,她先要拥有。一年多后,她人托人,买回一辆自行车。高兰英家有缝纫机,没有自行车。她没有先买缝纫机,而是买了自行车。缝纫机没有能打气的轱辘,只能在家里用,不能推到外面去,别人看不见。自行车的两个轱辘当腿,就是在外面跑的,她把自行车一买回来,在村口一推,全村的人立马就知道了。自行车是男式二八,还是加重型的。宋家银把自行车推回家时,车杠上的包装纸还没撕掉。她不让撕,以证明她的自行车是崭新的,是原装货。其实新自行车的漂亮是包不住的,因为自行车毕竟是大城市出产的,毕竟是从城里来的,好比从城里来的一个女人,不管她穿着什么,戴着什么,都遮不住她那通体的光彩。在宋家银拥有这辆自行车之前,这个村的历史上,从没有哪一家拥有过自行车。别说新自行车了，连旧自行车都没有。可以说宋家银的购车行动是开创性的，她的自行车填补了这个村历史上的一项空白。村里的一些人免不了到宋家银家去看新鲜。人们对锃明瓦亮的自行车发出啧啧赞叹，这正是宋家银所需要的，或者说她预想的就是这种效果。不过她不喜欢别人动手摸她的自行车。有人打打前面的铃，有人摸摸后面的灯。人一摸到自行车，她就觉得像摸自己的皮一样，心疼得直起鸡皮疙瘩。她实在忍不住了，宣布说："兴瞧不兴摸哈，新自行车跟新媳妇一样，摸多了它光害羞。"

打扮起自行车来，宋家银要比打扮一个新嫁娘精心得多。她的想象力有限，但为把自行车打扮得花枝招展，她把所有的想象力都发挥出来了。她把自行车的横杠和斜杠上都包上了红色的平绒，等于给自行车穿上了红绒衣。她把车把上密密地缠上了绿线绳，等于给自行车扎上了绿头绳。她给自行车做了一个座套，座套周围垂着金黄的流苏。流苏像嫩花的花蕊一样，是自来颤，在自行车不动的情况，流苏也乱颤一气。把自行车打扮成这样，够可以了吧？没有什么打扮的余地了吧？不不不，更重要更华丽的打扮还在后头呢。在自行车的横杠和下面两个斜杠之间，不是有一块三角形的余地嘛，宋家银把最精彩的文章做在了那里。她跑遍了全村各家各户，从每家讨来一小块不同颜色的花布，把花布剪成同样大小的三角形，拼接在一起，做成一整块布。然后可着那块三角形的余地，用花布做成一个扁平的袋子，用带子固在自行车中间。远远看去，自行车上像是镶嵌着一幅画，画面五彩斑斓，很有点现代画的味道。又像是一个小孩子，肚子上戴了一个花兜肚。这个小孩子当是一个娇孩子,娇孩子才穿百家衣。整体来看,总的来说,宋家银以她的审美眼光,把自行车村俗化了。如果说自行车刚进家门时,还像一个城里女子的话,经宋家银如此这般一包装,就成了一个花红柳绿的村妞。

自行车弄成这样,是给人骑的吗?是呀,是给人骑的,宋家银一个人骑。她去走娘家,或者去赶集,才骑上自行车,像骑凤凰一样,小心翼翼地骑走了。她在村里放出话,她的自行车谁都不借,亲娘老子也不借,谁都别张借车的口,张了口也是白张。杨成方的四弟,也就是宋家银的小叔子,叫着宋家银二嫂,要借二嫂的自行车骑一骑。宋家银说:"不是我不让你骑车,把你的腿骨摔断了怎么办!"小叔子说摔不断。"你说摔不断,等摔断就晚了。到时候,是我赔你的腿?还是你赔我的车?"小叔子不知趣,还说:"我的腿摔断不让你赔,行了吧!"宋家银说不行,她问小叔子一共有几条腿。这样简单的算术当然难不住初中毕业的小叔子,他说他一共两条腿。宋家银说他两条腿少点,等他长出四条腿来,再借给他车不迟。小叔子想了想,说:"哼,骂人。你不借给自行车拉倒,干吗骂人?"宋家银说:"小鸡巴孩儿,我就是骂你了,你怎么着吧!"小叔子领教了二嫂的厉害,把两条腿中的一条腿朝空气踢了一下,走了。

别说小叔子,宋家银用杨成方的工资买下的自行车,她连杨成方都不让骑。杨成方去县城上班,本可以骑着自行车来回,本可以省下来回坐车的钱,可宋家银不放心,她怕杨成方把自行车放到厂里被人偷走。万一自行车被人偷走了,她不知会心疼成什么样呢。再者,让杨成方把自行车骑走,她就看不见自行车了，村里人也看不见自行车了，她拿什么炫耀呢。在不下雨、不下雪、太阳也不毒的情况下，她愿意把自行车从屋里推出来，在门口晾一晾，如同晾粮食和过冬的衣物一样。自行车是钢铁做成的，不会发霉，不会长虫，不会长芽子，没必要经常晾。她的晾一晾，其意是亮一亮。这才是她的乐趣所在。

宋家银建议杨成方买一块手表。杨成方不同意。对给自己买东西，杨成方敢于拒绝，而且拒绝起来很坚决，他拧着脑袋，说他不要。杨成方在宋家银面前顺从惯了，他这么一打别，宋家银不大适应，她说："你敢说不要！哪有当工人不戴手表的！"杨成方不敢否认他是工人，却坚持说，他看戴不戴手表都一样。宋家银说："当然不一样。啥人啥打扮，你戴着手表，走到街上把袖子一捋，人家就认出你是个工人。你啥都不戴，人家看你啥都不是。你是个工（公）人，人家还当你是个母人呢！"杨成方的口气不那么硬了，说："手表那么贵，有买一块手表的钱，能买不少粮食呢！"宋家银骂他是猪脑筋，就知道粮食粮食，粮食会发光吗，会走吗，能戴在手脖子上吗！人活一张脸，树活一张皮，别给你脸你不要脸！她还说："嫌贵，咱不会买便宜一点的呀！"她打听过了，有一种手表，几十块钱一块。杨成方也听说过那种手表，说那种牌子的手表走得不准。宋家银说："你管它准不准呢，只要是手表就行。"

应该说宋家银的志向和做法和城里人是有些吻合。当时，城里人的家庭建设正流行"三转一响"。所谓"三转"，指的是自行车、手表、缝纫机。"一响"呢，是收音机。"三转"

当中，宋家银已经有了"两转"。要不是形势发生了变化，宋家银也会有"三转一响"，并通过转和响，保持住她的工人家属地位。形势刚变化时，宋家银没觉得对她有什么不利。别人家分到土地高兴，她也很高兴。她家承包的是三个人的土地，她一份，儿子一份，杨成方也有一份。土地历来都是好东西啊，多一份土地，就多打一份粮食。因杨成方的户口还在家里，在承包土地的问题上，宋家银承认了杨成方是个临时工。有人提出过疑问，杨成方在县里当工人，分土地还有他的份儿吗？宋家银站出来了，她说："我日他姐，他的户口都没迁走，算个啥鸡巴工人。他一月挣那几个钱儿，还不够猫叼的呢！"她们家三亩多地，分在五下里。宋家银带着儿子，肚子里又怀了孩子。杨成方怕宋家银顾不过来，怕累坏宋家银，提出那个临时工他不干了，回家帮宋家银种地。宋家银是觉得需要一个帮手，但她不同意杨成方辞工，不愿失去工人家属的名分。杨成方的工钱也长了，由一个月二十多块，一下子长到四十多块。宋家银说："我不怕累，累死我活该，我也不让你回来。现在种庄稼都靠化肥催，你不挣钱，咱拿啥买化肥！"

在生产队那会儿，土地好像在耍懒，老也不好好打粮食。把土地一分到各家各户，土地仿佛一下子被人揪住了耳朵，它再也没法耍懒了。又好像土地攒足了劲，一分到个人手里，见那些个人真心待它好，真心伺候它，产粮食产得呼呼的。只两三年工夫，各家的粮食都是大囤满，小囤流，再也不愁吃的了。他们不再吃黑红薯片子面馒头了，红薯也很少吃了，顿顿都是吃白面馒头白面条。他们把暄腾腾的白面馒头说成是一捏两头放屁。他们把碗里的白面条一挑大高，比比谁家的面条更长。有人在碗里吃出一个荷包蛋来，却装作出乎意料似地说："咦，这鸡啥时候又屙我碗里了！"别看宋家银一个人在家种地，她家打的粮食也不少，光小麦都吃不完。杨成方去上班，她不让杨成方带馒头了，也不给杨成方准备咸菜了，她对杨成方说："白面馒头你随便吃，该吃点肉就吃点肉。"

忽一日，杨成方背着铺盖卷回家来了。宋家银一把把他拉进屋里，关上门，问他怎么回事，是不是人家把他开除了。杨成方说不是，是预制厂黄了。宋家银不信，好好的厂子，怎么说黄就黄了呢！杨成方说，用户嫌他们厂打的预制板质量不好，价钱又贵，就不买他们的产品了。成堆的预制板卖不出去，没钱买原材料，工人的工资也发不出来，厂长只好宣布厂子散伙。出现这种情况，是宋家银没有想到的。她有些泄气，还突然感到很累。男人不在家的日子里，她家里地里，风里雨里，一天忙到晚，也没觉得像今天这样累。她想，这难道就是她的命吗？她命里就不该给工人当老婆吗？人家给她介绍第一个对象，因其父亲在新疆当工人，都说那个对象将来也会去新疆当工人。那个对象人很聪明，也会来事。跟她见过一次面后，就敢于趁赶集的时候，在后面跟踪她，送给她手绢。晚间到镇上看电影，那人也能从人堆里找到她，把她约到黑暗的地方，拉她的手，亲她的嘴。她问过那人，将来能不能当工人。那人说，肯定能。"你当了工人，还能对我好吗？""这要看你对我好不好。""我？怎么对你好，我不知道。""你知道。""我真的不知道。"她说的是不知道，心里隐隐约约是知道的，因为那个人搂住她的时候，下面对她有了暗示。为了让他们的关系确定下来，为了让那个人当了工人后还能对她

到城里去　27

好，她就把自己的身子给了那个人。那个人果然去了新疆，果然当上了工人。那家伙一当上工人，似乎就把她忘了。她千方百计找到那家伙的地址，给那家伙写了一封信，要那家伙兑现他的承诺。那不要良心的东西回信要她等着，说要是能等他十年，就等，若等不了十年，就自便吧。这显然是一个推托之词，明明是狗东西不要她了，还说让她自便，还把责任推给她。有理跟谁讲去，有苦向谁诉去，她只能吃一个哑巴亏。因为当工人的蹬了她，她才决心再找一个工人，才决定嫁给其貌不扬的杨成方。她不担心杨成方会蹬了她，杨成方没那么多花骨点子，也没那个本事。要说蹬，只能翻过来，她蹬杨成方还差不多。她以为，只要她不起外心，当工人家属是稳的了。临时工也是工。是工就不是农。是工强似农。谁知道呢，杨成方背着铺盖卷儿回来了。他这一回来，就不再是工人了，又变回农民了。这个现实，宋家银不大容易接受，她心里一时还转不过弯儿来。她教给杨成方，不许杨成方说预制厂已经黄了。要是有人问起来，就说是回来休假，休完了假再去上班。她问杨成方记住她的话没有。杨成方疑惑地看看她，没有回答。宋家银拧起眉头，样子有些着恼，说："你看我干什么，说话呀，你哑巴了？"杨成方说："我不会说瞎话。"宋家银骂他放狗屁，说："这是瞎话吗！要不是看你是个工人，我还不嫁给你呢。你当工人，就得给我当到底，别回来恶心我。我给你生了儿子，还生了闺女，对得起你了，你还想怎么着！还说你不会说瞎话，不会说瞎话有什么值得骄傲的，只能说明你憨，你笨，笨得不透气。人来到世上，哪有不说瞎话的，不会说瞎话，就别在世上混！"杨成方被宋家银吵得像浇了倾盆大雨，他塌下眼皮,几乎捂了耳朵,连说:"好好好,别吵了好不好,你说啥就是啥,我听你的还不行吗!"

五

杨成方家的老三,在部队当兵的那一个,当兵当到年头没有复员。所谓复员,就是重新恢复人民公社社员的身份。其时,人民公社不存在了,社员的叫法也无从依附,复员不叫复员了,改成退伍。老三退伍倒是退了,但他没有退回到农村去,没有再当农民。他随着那一批退伍兵,被国家有关部门安排到一处新开发的油田当石油工人去了。老三运气好,他一当就是国家的正式工,长期工,固定工。在高兰英的男人当煤矿工人之后,老三是这个村里第二个正儿八经的工人。老三当兵时,说媒并不好说。好像姑娘们都把当兵的看透了,看到家了,当兵的不过多吃几年军粮,多穿几身黄衣服,到时候还得回到黄土地上,还得从土里刨食。老三这一回不一样了,他从解放军大学里出来,又走进工人阶级队伍里去了。他去的不是一般的工人阶级队伍,而是有名的石油工人队伍。有两句歌唱得好,石油工人一声吼,地球也要抖三抖。这么说老三也抖起来了。于是给老三说媒的就多了,都想揩点石油工人的油儿。老三挑来挑去,挑到了一个副乡长的闺女,还是一个初中毕业生。老三没有在家里举行婚礼,说是旅行结婚,二人肩并着肩,一块到老三所在的油田去了。

这对宋家银是一个刺激,也是一个不小的打击。她觉得头有些晕,躺到床上睡觉去了。老三也不见得比杨成方强多少,

到城里去　29

他凭什么就当上正式工人了呢！还有老三的老婆房明燕，她没费一枪一刀，就跑到正式工人的身子底下去了，就得到了工人家属的位置。和房明燕相比，她哪点也不比房明燕差。她身量比房明燕高，眼睛比房明燕大。要说打架，她一个能打房明燕仨。可她的命怎么就不如人家呢！宋家银差不多想哭了。杨成方站在床前，问她哪儿不舒服，是不是生病了，要不要到医院看一看。宋家银正找不到地方撒气，就把气撒在杨成方身上了，她说："滚，你给我滚远点，滚得越远越好！看见你我就来气！"杨成方没有马上就滚，他说："咋着啦，我又没得罪你，我这是关心你。"宋家银说："你就是得罪我了，你们家的人都得罪我了，我不稀罕你的关心。你滚不滚，你不滚，我一头撞死在你跟前！"杨成方只得滚了。

杨成方不敢滚远，在门口一侧靠墙蹲下来。按照宋家银教给他的话，他见人就跟人家解释，他是回来休假，等休完了假，他还要回去上班。解释头两次，人家表示相信，说当工人的都有假日。解释的次数多了，人家似乎就有些怀疑，说他这次休假休得时间不短哪，该去上班了吧。杨成方说该去了，快该去了。这样的解释，对杨成方来说相当费劲，简直有些痛苦。每解释一次，他肚子里就像结下一个疙瘩。他觉得肚子里的疙瘩已经不少了。为避免重复解释，避免肚子里再结疙瘩，他天天躲在家里，很少再到外面去。人躲起来，一般是为了躲债，或是做下了什么丑事，没脸出去见人。杨成方，他一没欠人家什么债，二没有做下什么见不得人的事，他干吗也要躲起来呢？看来人躲起来的理由不是一个两个。宋家银问过杨成方，现在盖楼的人用的是哪儿的楼板。杨成方说不大清，他说听说是郑州出的。宋家银建议杨成方到郑州的预制厂里去,看看那里的厂子愿不愿要他。这个建议把杨成方难住了,他连想都不敢想。当年,他到县里预制厂当临时工,完全是父亲人托人给他跑下来的。父亲给厂长送小磨香油,送芝麻,还拉着架子车,冒着风雪给人家送红薯,厂长才答应让他进厂当临时工。他相了一次亲又一次亲,人家女方跟他一见面,一说话,就通过媒人把他回绝了。眼看他要拉寡汉,父亲急了,为了给他捐一个工人的名义,父亲才钻窟窿打洞千方百计把他弄到预制厂里去了。他到了预制厂马上见效,就把宋家银这个不错的老婆找到了。仿佛宋家银也是个预制件,也是为他预制的,在他没进预制厂之前,宋家银在那里放着,他一当上工人,宋家银就属于他了。他愿意在家里守着宋家银,一结婚他就不想在预制厂干了。可宋家银不干,他要不在预制厂干,恐怕连老婆都留不住。预制厂如今散摊了,杨成方心里是乐意的,他总算有理由回家守着老婆和孩子了。这不怨他,是怨厂里。不料宋家银还是要往外撵他。这事不能再找父亲了。找父亲,父亲也帮不上忙。他对宋家银说,郑州那地方,他一个人都不认识,预制厂怎么会要他。宋家银问他:"原来你认识我吗?不是也不认识嘛!现在我怎么就成你老婆了呢!天底下你不认识的人多着呢,一面生,两面熟,你多找人家几回不就认识了。"

杨成方还没有走,他的四弟却走了。四弟跟邻村的一个建筑包工队搭帮,到山东济南给人家盖房子去了。四弟临走前,把消息瞒得死死的,宋家银一点都没听说。还是别人问宋家银,说听说老四到城里给人家打工去了,她知道不知道。宋家银却说知道。她回家把消息说给杨成方,问杨成方知道不知道。杨成方说不知道。宋家银顿时就生气了。她认为这是公公和婆婆外着他们两口子,有啥好事故意瞒着他两口子。不然的话,连别人都知道老四外出做工去了,他们怎么连个屁都没闻见呢!她对杨成方说:"你是个死人哪?你还是他们家的儿子吗?你去问问你爹,问问那老婆子,老四外出做工,为啥不跟咱说一声,是不是怕咱沾了他的光?"杨成方不想去。宋家银立逼着他去。杨成方的小名叫方,宋家银叫了他的小名,还在小名前面加了一个黑字,把他叫成黑方。在他们那里,老婆一叫男人的小名,就等于揭老底,等于骂人。在小名前面再加上别的字呢,等于骂起来更狠一些。宋家银问黑方去不去,黑方不去她就去。杨成方怕老婆跟爹娘吵架,才去了。外面正下秋雨,雨下得还不小,地上积了一窑儿一窑儿的白水。还有风,风一阵子一阵子的,把树叶刮落在泥地上。杨成方没有打伞,就到雨地里去了。杨成方没有直接到爹娘那里去,他缩着脖,踏着泥巴,向村子外面走去。那里有一个废弃的炕烟房,他到炕烟房里呆着去了。他依在门口一侧的泥墙上,茫然地向野地里看着。地里一层雨,一层风,一片烟,一片雾,他什么都看不清。地里有刚发出来的麦苗,还有一丛一丛的坟包,看去都有些模模糊糊。他隐约记起,他们杨家祖祖辈辈都在这些地里耕种,延续下来的差不多有十辈人了吧。一传十,十传百,他们老杨家在这个村已经有了好几百口子人。人一多,摊到人头上的地亩就少了,一个人才合一亩来地。不管地再少,也有他一份,他应该有在这里种地的权利。可宋家银热衷于让他当工人,热衷于撵他到外面去,一开始就剥夺了他种地的权利,同时也剥夺了他在家的权利。人家娶老婆,都是为了有个家,有个在床上做伴儿的，暖心的。他呢，自打他有了老婆，老婆就不好好的让他在家里待，三天两头往外撵他。别说让老婆暖他的心了，还不够他凉心的呢！听着阵阵雨声，杨成方闭了闭眼，有点想哭。然而，他没有掉下泪来。他觉得眼睛是有点发潮，那是雨滴溅在他的眼睛上了，并不是眼泪起的潮。在哭的问题上，杨成方很生自己的气，或者说有点恨自己。别人哭起来是那么容易，一哭就哇哇的，眼泪流得跟下雨一样。他想哭一哭，不知怎么就那么难。有多少次，他想在宋家银面前痛痛快快哭一场。他要是哭成了，也许宋家银会对他另眼相看，起码不会像现在这样嫌弃他。可不知怎么搞的，他老也哭不成，越努力，越哭不出来。他也有过伤感顿生的时候，好比云彩也厚厚的了，眼看要落下雨来。这时不知从哪里刮来一阵风，一下子就把云彩刮散了。刮散的云彩再聚集起来就难了。他欲哭的感觉也找不到了。他有时在宋家银面前哼哼唧唧，声音有点像哭。但因为声音不是从肺腑里发出来的，是从喉咙眼里发出来，而且没有眼泪的辅佐，他的哭总是不能打动人。甚至他这样的哭比不哭还糟糕，更让宋家银反感。宋家银说他眼里连一滴子蛤蟆尿都挤不出来，装什么洋蒜。这就是杨成方，别人心里有苦，还可以通过哭发泄一下，他心里有说不出的苦处，想哭一下都哭不出来啊！

六

深秋的一天早上，半块月亮还在天上挂着，离天明还得好一会儿，杨成方就踏着如霜的月光和如月光样的白霜上路了。

他背的还是在预制厂当临时工时用的铺盖卷儿,提的还是那个用了多少年的破提兜儿。过去他带着这些东西是去县里的预制厂,这一次他不知道是去哪里。他打了一个寒噤,觉得身上有点冷。他相信走走就暖和了。宋家银没有给他做点饭吃,没有送他,躺在床上连起来都没起来。儿子起来对着尿罐子撒尿,见他背着包袱要走,跟他说了一句话。在村里,孩子喊父亲都是喊爹,喊母亲都是喊娘。到了宋家银这里,她坚持让儿子闺女喊杨成方爸爸,喊她妈妈。她听说城里人喊父母都是喊爸爸妈妈,她要和城里人的喊法接轨。也是与村里人的喊法相区别,以显示他们家是工人家庭。儿子问:"爸爸,你去哪儿?"杨成方说,他去上班。他的回答,还是宋家银给他规定的口径,他没有超出这个口径。他把儿子的头摸了摸,嘱咐儿子好好学习。儿子大概还挤着眼,撒出的尿没有对准尿罐子口,撒到地上去了。儿子把尿的方向调整了一下,罐子里才响起来了。宋家银嘟囔着骂了儿子一句,说儿子撒尿都找不准地方。杨成方走到镇上的长途汽车站,见站门口冷冷清清,一个人都没有,还是遍地的月光。停下来后,他在月光中看见了自己的影子。影子是黑的,比他本人要黑。影子长长的,比他本人要高要瘦。他听人说过,每个人的影子就是每个人的魂,在人活着的时候,影子跟人紧紧相随,一步都不落下。人一旦死了,魂就飞了,影子就消失了。再看自己的影子,他的感觉就不一样,像是真的看见了自己的魂。他的魂从脚那里生出来,与他的脚相连,头不相连。在他不动的情况下,他的黑魂一动不动。他把头偏一下,他的魂也把头偏一下。他的头变成魂的状态时,不见鼻子也不见眼,只是贴在地上的一个扁片子,薄得如一层纸灰。他突然又打了一个较大的寒噤。这次不光是冷,他似乎还有些害怕。

杨成方不走不行了。宋家银成天价对他没有好脸子,没有一天不催他走。在夫妻生活上,别说上宋家银的身,他想摸摸宋家银的奶子,宋家银都不让。有一次,他摸了宋家银的屁股一下,宋家银转身就踢了他一脚,把他的腿杆子踢得生疼。他疼得有些恼,问宋家银是不是他老婆。宋家银回答得也干脆:"不是你老婆!"宋家银这样回答问题,这样否认业已存在多年的婚姻事实,问题是严重的,也是危险的。杨成方觉得有必要把事实重申一下,他说:"我看你就是我老婆。"这种重申相当苍白,一点力度都没有。杨成方只能做到这样了。宋家银说:"是你们家的人把我骗来的,你们一家子都是骗子。你们家的人说你是工人,原来是个臭临时工。"杨成方说:"我没有骗你,我跟你第一次见面时就跟你说了,我是临时工。"宋家银说:"没说没说就是没说,骗了骗了就是骗了!"宋家银让他看老三,说人家老三才是真正的工人。

老三家的老婆房明燕,在村子外面要了一块宅基地,并开始买砖、买瓦、买木料,准备盖房。别人家想要一块新的宅基地难得很,不知要到支书和村长家送多少礼,说多少好话。房明燕一分钱的礼都不送,张口就把宅基地要来了。她爹当着副乡长,副乡长在村支书和村长面前是鼻子大压嘴,村里不敢不给房明燕宅基地。草坯房,房明燕根本不考虑。她不盖是不盖,一盖就是瓦房,就是浑砖到顶,一排四间,三间堂屋,一间灶屋。这样好的房子,目前来说,在这个村是头一份。当年宋家银买自行车,在这个村拔了头份。在盖房子的事情上,

到城里去

房明燕走在全村人的前面了。不是说这个村历史上没有过砖瓦房，不是的，在明代和清代中期，这个村还有楼房呢，还有青砖铺地，石狮子把门，和几进几出的大院落呢。只是几经战乱和不绝的匪患，把村子糟蹋得不成样子了。村里人说，当工人和当农民就是不一样，当农民怎么也烧不起来，一当上工人，马上就烧起来了。他们拿房明燕买的砖和瓦当例子，说砖和瓦都是烧起来的。也有人不明白，说老三当工人时间并不长，他哪里来的那么多钱盖房呢？房明燕解释说，老三有一笔退伍军人安置费，老三又跟工友们借了一些钱。人们明白了，当工人就是在有钱人的人堆里，借钱就有地方借。当农民呢，借钱也没地方借。房明燕的动向，宋家银都看在眼里。房明燕是后来者居上，一上来就把她比下去了，就把她超过去了。倘若房明燕是远门子人家的媳妇，她不一定非要和人家比。可房明燕是她的弟媳妇，是她的亲妯娌，她不比也得比。仿佛比是一个鬼，鬼已附了她的体，按了她的头，一再要她比，她要是不比，鬼就不放过她。她家的屋子还是结婚那年盖的草坯房。经年的风雨剥蚀，墙坯已经酥了，一摸就掉渣儿，不摸也掉渣儿。上面的草顶已变得很薄，鸡上去一挠就漏雨。宋家银请人上去补过好多次了，屋顶的前坡后坡都打了不少补丁。原来苦的麦草变黑了，后来新补的麦草是白的，一块黑，一块白，花狗脸一样，难看死了。屋里用泥巴掺碎麦草糊的墙皮早就开始脱落，露出了里面丑陋的泥坯。墙角和床底下，都有老鼠打的窝。从老鼠们运出的大堆小堆的废弃渣土来看，它们定是在地底进行了大面积大规模的建设，说不定有楼，有阁，有广场，也有宫殿。老鼠这么干，等于把他们家屋子下面的地掏空了，基础破坏了，遇上下大雨，村里一进水，这样的屋子就会塌掉。宋家银早就想翻盖房子，把坯座翻成砖座，把草顶翻成瓦顶。她的计划比房明燕的计划早得多。可以说在房明燕还没嫁给老三时，她的翻盖房子的蓝图就在心里画好了。宋家银深知房子的重要。在农村，人们看一个家庭过得如何，主要通过看这个家的住房来衡量。房子代表着人的脸面。房子好了，这家的人不用说话，就有脸面。房子不好呢，你说得天花乱坠，也没脸面。要把房子的蓝图变为现实，一个字，得有钱。宋家银是攒了一点钱，但离翻盖房子的所需还差得远。就算她把家里存的小麦、大豆、芝麻等都卖掉，钱还是差很多。宋家银还能卖什么？自行车她一时还舍不得卖。虽说村里已有了好几辆自行车，自行车不再是什么稀罕之物，她还是舍不得卖。自行车曾带给她不少骄傲，她还得把骄傲继续保持着。拆东墙补西墙的事她不干。还有杨成方的一块手表。按说杨成方的手表可以卖掉，因为杨成方不好好戴，老是把手表放在家里。可惜，杨成方的手表早就不走了。把手表的弦上得很足，手表还是不走。手表不走了，等于手表已经死了。死了的东西谁还愿意要。宋家银说："我日他姐，为了翻盖房子，我总不能卖孩子吧！"她这话是对杨成方说的，有一点像说笑话。可杨成方可不敢当笑话听。再可笑的笑话，杨成方也不敢当笑话听，也不敢笑。宋家银是很会说笑话的，她在外头跟人家拉大村，说笑话，能把人家笑得在地上打扑啦。可宋家银一回到家里，一当了杨成方的面，就把笑话全部收起来了，一个都舍不得给杨成方。杨成方从宋家银的话里听出了对他的威胁，宋家银在拿孩子威胁他。两个孩子都很好，都很有希望。杨成方可不愿让孩子受委屈。活该受委屈只能是他。想想也是，宋家银还指望什么呢，只能指望他。他正当壮年，能吃能睡，能跑能跳，又不怎么生病，他不出去挣钱，让谁出去挣钱呢！

迫使杨成方盲目外出，不光是为了挣钱翻盖自家的房子，公家也在向他家派钱。村里的小学校年久失修，风雨飘摇，眼看就要塌。为了保证小学生的安全，为了保证正常上课，只得动员大家集资，把小学校翻盖一下。集资是按人头派，不管大人小孩，每人五十块钱，扒拉一个算一个。宋家银家四口人，应该交二百块。宋家银一听说交这么多钱，头轰一下就大了。她藏的是有点钱，二百块钱她交得起。可她不愿意动自己的钱，她愿意一分一分往上加，可不愿意成百块地往下减。这钱她是为翻盖房子预备的，二百块钱，差不多能买一面屋山所用的砖头，要是把钱交出去，她的屋山怎么办！可这个钱不交又不行。她的一儿一女正在学校里读书，正用得着学校和教室。村长在喇叭上讲，翻盖学校是为了子孙后代。谁家都有子孙后代。要是不痛痛快快交钱，就对不起子孙后代。再者，村里人还不知道杨成方所在的厂子已经黄了，他们的家庭还担着工人家庭的名义。工人家庭都是有钱的，交这个钱应当带头，应当给别人起个示范作用。果然，房明燕捷足先登，第一个把钱交上去了。她家目前只有她一个人，只交五十块钱就够了。接着，高兰英也把钱交上去了。宋家银怎么办？她让杨成方到婆婆那里去借钱。她听说老四从济南寄回了一百五十块钱。杨成方不想去，宋家银拽了他的胳膊，要拉他一块儿去。两个人一块儿去，还不如杨成方一个人去。杨成方刚跟娘说了借钱的话，就挨了娘一顿臭骂。娘骂着骂着还哭了，说杨成方的爹近日得了病，喉咙眼子一天比一天细，吃不下饭，怀疑得的是噎食病。老四寄回的那点钱，都给他爹看病花了。他爹马上还要到县医院去看病，准备让他们弟兄四人每人先拿出一百块钱来。钱要是不够，以后再分摊。杨成方回家，没敢跟宋家银汇报借钱的经过，他说："我走，我明天就出去挣钱去。"

杨成方刚从厂里回家时，还没有什么债务。他在家里躲着，还不是为了躲债。这一次外出，杨成方却有一些逃债的意思了。

这年春节，杨成方没有回家。他给宋家银寄回了五百块钱。他还给宋家银写了信，说他在郑州找到了工作，一切都很好，让宋家银不要挂念他。

宋家银对厂里人说，杨成方的厂子搬到郑州去了，郑州是省会，各方面的条件都比县里好。还说他们家杨成方现在是老工人了，老工人不仅比新工人挣钱多，重活儿也不怎么干了，只动动嘴，出出技术就可以了。宋家银哪里知道，就在她到处宣传杨成方只动动嘴就能挣钱的时候，杨成方或许正一手提着一只脏污的蛇皮袋子，一手握着一根铁钩子，穿行于城市的楼群之间，正到处扒垃圾，捡破烂。饿了，他从某个楼下的垃圾口里扒出一块或整个馒头，把上面沾的脏东西捏一捏，就吃起来了。渴了，他拿出随身带的矿泉水瓶子喝一气。里面装的不是矿泉水，是在水龙头下面灌的自来水。连矿泉水的塑料瓶子也是捡来的。里面的自来水喝完了，瓶子他可舍不得扔，一个瓶子能卖五分钱呢。杨成方身上的穿戴，也大都取之于垃圾。他脚上穿的皮鞋，腿上穿的绒裤，上身穿的棉袄，都是从垃圾堆里拣出来的。他已经用垃圾的可利用部分把自己武装起来

到城里去　39

了，仿佛他自己也成了一样可以走动的垃圾。对于个人形象，他是不大讲究了。头发大长，胡子拉碴，脸洗得有一把，没一把。夜里，他撤出城市，到郊外的农村去住。农村有一些放杂物和养牲畜的房子，他和别的也是从垃圾里讨生活的人合伙把房子租来，打上地铺，几个人住在一间小屋里。不管是刮风下雨，还是下雪下淋冰，他一天都不歇着，都是天不亮就起来往城里赶，争取能捡到新的垃圾。雨下大时，他往身上裹一块白塑料单，仍在不停地行走和寻觅。他身上裹的塑料布也是捡来的。他每天把捡来的垃圾整理和分类，攒得够卖一次了，就弄到废品收购站卖掉。他给宋家银寄回的五百块钱，就是这样一点一点捡来的。

七

男人常年在外，两个孩子上学，宋家银也有过寂寞难耐的时光。她身体很好，月信正常。她腿长，屁股宽，比一般的女人屁股都要宽。她举着屁股在地里割麦，在只见屁股不见头的情况下，人们宁可把她的屁股看成是一匹母马的屁股。有的男人未免有些感叹，他们说，这样的屁股谁管得够，谁消受得起，最好找一匹公马来对付。嘴痒的人把这话传给宋家银，宋家银一点也不生气，好像还有几分得意，她笑着说："我日他姐，谁在背后说我的坏话，我日死他姐！"宋家银习惯骂日他姐，不管跟谁开玩笑，她都是说要日人家的姐。她这样日字在前，仿佛她不是一匹母马，而是一匹骁勇喜日的公马。宋家银这么一个如饥似渴的女人，谁要是招惹她，估计不难上手。

只要以开玩笑的名义,稍微把她的马屁拍一拍,就能把她的浪尿拍得滋出来,一偏腿就把她骑上了,让她怎么颠,她就怎么颠,让她怎么跑,她就怎么跑。村里没人招惹宋家银,因为杨姓是这个村的大姓。杨姓家族一向以门风正为骄傲,各家只许用自家的女人,不许到别家锅里伸勺子。加上杨成方家这一门人丁兴旺,小弟兄们众多,拳头硬,别门的人一般不敢动这个门的女人。这个村有两家外姓人是不错,他们都是外来户,后人发棵又不旺,在村里受憋得很。别说让他们动杨姓家的女人了,碰见杨姓家出来的狗,他们就得赶紧靠边站站。可以说宋家银的寂寞是环境造成的。在如此沉闷的环境里,像宋家银这么好的资源,只能被闲置,被浪费。

也不能说宋家银一点机遇也没有,有的机遇她没有很好抓住,结果错过去了。村里有一个远门子的堂弟,名字叫杨成军。杨成军不知从哪里搞回一头郎猪,靠用郎猪给别人家的母猪配种赚钱。换句话说,杨成军出卖的是郎猪的精子,他用郎猪的精子换钱。每到镇上双日逢集,杨成军就牵着他的郎猪到镇上去了。郎猪对前去寻求配种的母猪来者不拒,来一个配一个。每配一个,杨成军就收一份钱。杨成军对郎猪也有奖励,每当郎猪从母猪身上下来,他就给郎猪喂一个生鸡蛋。有的母猪的主人,见郎猪刚给别人家的母猪配过种,对郎猪的能力有些信不过,不相信郎猪的种子会成熟那么快。这时杨成军表现得相当自信,他说一配一个准,保证没问题。他打了保票,说:"要是配不上,你找我,我再给你配,配不上不要钱!"本来是他的郎猪给人家的母猪配,他说成了他给人家配,围观的人听出了破绽,都笑了,说你给人家配算怎么回事。杨成军承认他说慌了嘴,把有的不该省略的字省略了。其实他是故意说错的,就是要给围观的人添一点笑料。在不逢集的日子,有附近村庄的人上门找杨成军,杨成军也会带上郎猪,及时前往。好比有的乡村医生,受人约请是出诊。杨成军和他的郎猪,受人约请是出配。郎猪随杨成军从村街上走过时,从来都是大摇大摆,不慌不忙,一副舍我其谁和稳操胜券的模样。宋家银看见过杨成军的郎猪。那头郎猪尖耳朵,长身子,简直就像一匹马。郎猪的短毛白汪汪的,那一身精壮结实的肉却是粉红的,看去白里透红,真他妈的漂亮。让人惊奇的是郎猪身子后面的那一对睾丸。定是因为睾丸的使用率较高,经受锻炼的机会比较多,所以那一对睾丸就显得格外发达,成为明显的优势所在。如果拿人的睾丸和它的睾丸相比,恐怕把人的六个睾丸加起来,也不一定比得上郎猪的一枚睾丸大。这么说吧,包在郎猪阴囊里的两个睾丸,如同包了两个鸭蛋,只是比鸭蛋长一些。郎猪走动时,屁股下面的睾丸左右摆动,又好像郎猪屁股下面又长了一个屁股。宋家银不敢看的是郎猪的眼睛,她觉得郎猪的目光非常流氓。说它流氓,并不是说它看人的目光多么下作,把女人也误认为是它的服务对象。它的目光是躲避的,你一看见它的眼睛,它的目光马上躲开了。要不是心里有鬼,要不是有流氓般的敏感和想法,它的目光躲什么躲。越躲越表明它不正经。宋家银注意过,郎猪的目光不是一直在躲,在你不注意它的时候,它又在看你,它是偷眼看人,它的眼睛背后仿佛还有眼睛。把坏事干多了,看来这头郎猪快成精了,快变成人了。宋家银把杨成军的郎猪看成流氓,作为流氓的主人,作为流氓的培养者和指使者,宋家银觉得,杨成军也应该是流氓。宋家银爱和杨成军开玩笑,一见杨成军和郎猪从村街走过,她就把杨成军称为流氓他爹,问他们爷儿俩又去哪里耍流氓。杨成军说,他去宋家银的妹子那里去耍。宋家银说:"你小心着,回来把郎猪拴好。你一不小心,郎猪要流氓耍到你老婆身上就麻烦了,到时候你老婆给你生一窝小郎猪,超过了计划生育指标,上头要罚款的。"杨成军说:"没关系,你什么时候想生小猪,我来给你配。你放心,跟别人干要钱,跟你干不要钱,保证不让你倒贴。"杨成军使用的又是省略法,这一省略,就把郎猪和母猪省略掉了,成了他和宋家银的关系,他要干宋家银。对于杨成军的偷梁换柱,宋家银听得出来,宋家银说:"我日你姐,这可是你说的。我正好买了一头小母猪,等小母猪打圈子了,我不找别人,就找你!"杨成军说:"对对,你就找我,我保证让你满意。"说着,他把郎猪丢下,向宋家银身边凑去。一边凑,还一边前后左右乱瞅,似乎要背着人,要做什么秘密事情。宋家银不知杨成军要干什么,她不由地用两个胳膊夹住了奶子,把屁股也收紧了,转身要往院子里躲,说:"死成军,你要干什么!"杨成军站下了,把手一摊,说:"你看,我什么都没干哪。我还没动你一指头呢,就把你吓成这样,我要是真动了家伙,你的门不知道得关多紧呢,恐怕用铁棍都捅不开。"宋家银说:"动家伙,你敢?我看你没长动家伙的蛋子儿!"杨成军压低了声音,说:"你说我不敢,今天晚上你给我留着门儿,我来会会你,你看我敢不敢!"宋家银脸上红了一下,她还是当笑话说:"说话算话,晚上谁要是不来,谁是小舅子。"

两个孩子一放学,她问孩子有没有作业,要是有作业,趁天不黑，抓紧时间写。这时村里已通了电，她家里安上了电灯，照明再也不用煤油灯了。家里虽有了电灯，她很少用，也很少让孩子开灯。孩子若有家庭作业，她都是催孩子利用自然光做作业。她还保持着节省的习惯。点煤油灯时，她要节省煤油。点电灯时，她得节省电费。村里刚拉进电线那会儿，各家也要出钱，也要投资。为此，有的家庭拒绝通电，说祖祖辈辈没点过电灯，生出来的孩子眼睛照样明明亮亮的。在通电的问题上，宋家银表现得相当开明，相当有现代意识。男人在外面工作，她的家庭一直是工人家庭，家里怎么能不通电！就是村里别人家都不通电，她家也要通。她甚至希望别人家都别通电，只有她自家通，这样才能显出她家的光明。通了电，不用，也算有电。好比有了自行车，别管骑不骑，谁都得承认她有自行车。通了电也是一样，为了节省电费，她家不开电灯就是了。

吃过晚饭，她让两个孩子在屋里睡。她说有点热，要到院子里躺一会儿，凉快一会儿。时节到了夏天，天气是有点热了。但还没热到睡院子数星星的地步。实在说来，是宋家银心里有事，是她心里发热，热得都有些发烧了。她放不下杨成军以开玩笑的口气给她留下的话。这地方的人开玩笑是大有学问的。许多真话都是以开玩笑的口气说出来的。真话往往不大好说，说出来容易让人难堪。把真话外面包上一层笑话，说起来就方便多了。特别是在男女偷情的事情上，用笑话铺路搭桥的手段更是被普遍应用。笑话，有搭讪的作用，递话儿的作用，试探的作用，也有调情的作用。所谓递话儿，就是城里人所说的传递信息。比如一个男的看上了一个女的，想跟这个女的好一好，在城里，有可能采取写信的办法，男的通过信件把好感传达给女的。在农村，他们大都不识字，或者识字很少，一般不采用写信的方法，只用说笑话的办法就行了。相比之下，说笑话的方法更狡猾，回旋余地更大。它的特点是进可攻，退可守。如果男女双方都把笑话后面的真意领会到了，又都愿意得到真意趣，那么他们的好事就成真了。如果其中一方觉得对方不是自己想要的人，或者觉得时机尚不成熟，笑话说了也就说了，一笑了之，于你于我都不损失什么。宋家银相信，杨成军在笑话后面递给她的是真话。杨成军说的时间就在今晚，时间是那样具体。她也用笑话给杨成军回了话，等于答应杨成军了。好事就在今晚，宋家银把一切都准备好了。

　　院子门后的墙根有一片阴影，宋家银在阴影里铺了一张席，躺在席上装作摇扇子。她特意洗了头，往脸上搽了香膏子，还换上了一件比较新的内衣。她本来不想收拾打扮自己，把自己搞得这样香，是不是对杨成军太在意了。杨成军一个牵郎猪的，一个满身骚气的臭小子，凭什么让她像迎接新郎一样迎接他呢！杨成方每次从外面回来，她从来没有这样收拾过自己。她把自己当成一碗剩饭，杨成方要吃，她不愿意把剩饭热一热，让杨成方自己来端，凉着吃好了。杨成方笨手笨脚，笨头笨脑，自己不知道烧把火，给剩饭加点温，炒一炒，再吃。得着了，他上来就吃，一口气吃完为止。杨成方的吃法，从来没有让宋家银满意过。倘是宋家银只经历过杨成方这么一个男人，她也许想着男人都是这种吃法，她就没什么想头了。她难免想起第一个和她好过的那个男人，难免把那个男人和杨成方相比较，一比较，就看出杨成方的差距来了，并知道了男人和男人是不一样的。看来女人得到比较的机会是麻烦的,她比较了一个,还想比较两个,三个。大概因为杨成军是一个牵郎猪的人,宋家银认定杨成军是一个会玩儿的男人。想想看,杨成军的郎猪就那么流氓,那么坏,跟着郎猪学郎猪,杨成军能不流氓?能不坏?院子里的门没有上闩,是虚掩的。杨成军来了不用敲门,轻轻一推就进来了。她打算好了,等杨成军进来后,她就装睡,装作睡得沉沉的,对杨成军的到来并不重视,年初一打死一只兔子,有它没它都能过年。她要看看杨成军怎样动她,怎样把她弄醒,是先动她的头,还是先动她的脚。要是先动她的脚,她就踹杨成军一个梦脚。要是先动她的头,她就抓过杨成军的手,把杨成军的手指头在嘴里咬一下。她当然不会把杨成军咬疼,只让杨成军知道她不好惹就行了。

宋家银白准备了,她骚动大半夜,受煎熬也受了大半夜,杨成军始终没有出现。有一次,她贴在地上的耳朵听到外面有点动静,爬起来透过门缝往外一看,站在门外的不是杨成军,是一只狗。她从门缝往外看,狗正好从门缝往里看,她的鼻子差点碰到了狗的鼻子。还有一次,她看见墙头上冒出一个东西。她心里一喜,以为杨成军个狗日的要翻墙进来。定睛一看,立在墙头上的是一只黄鼠狼。在月光下,直立着的黄鼠狼,把两只前爪像人的两只手一样搭在胸前,头也像小人儿的头一样,左瞅瞅,右瞅瞅。黄鼠狼最后不知瞅到了什么,身子一俯就逃遁了。

再见到杨成军,宋家银要是以开玩笑的口气,说她等了杨成军半夜,也没见杨成军去,说不定杨成军真的就去了。宋家银没有再给杨成军机会,也没有再给自己机遇,她生气了,肚子气得鼓鼓的。她认为杨成军骗了她，捉弄了她，一个男人家，说话不算话，连放狗屁都不如。宋家银一生气就过头，她有点恨杨成军。这种恨说不出来，只能在心里恨一恨。因此，她没有跟杨成军一笑了之，她不搭理杨成军了，再也不跟杨成军说笑话了。杨成军叫她二嫂，还要跟她说笑话，她把脸子一摞，转身就走了。她在心里把杨成军骂成日娘的。

八

宋家银的心里好像一直不平衡，她心里的恨也好像很多，一恨未平一恨又起似的。心头有了恨，她也没什么有效的表达方式，就是不搭理人家而已。村里妇女解恨的方法很多，说得上五花八门。有的是骂大街，把一样东西，能骂九九八十一遍不重样。有的是到人家门前打滚撒泼，寻死觅活，不达目的，决不罢休。有的把仇恨对象扎成一个草人，在草人头上安上葫芦，葫芦上画得有鼻子有眼，然后把草人绑在一棵树上，每天用开水在草人头上浇三遍，一边浇，一边对草人进行咒骂。有的手段毒辣一些，她们不声不响，就把毒药下进人家猪圈里去了，羊圈里去了。这些方法，宋家银都没尝试过。她记恨人的方法，就是不理人。不理人，就是蔑视人家，和人家断交，继而否认人家的存在。她觉得不理人的方法是很有力量的，这种力量是持久的力量，也是意志的力量。

近来，她决定不搭理房明燕了。其实房明燕并没有得罪她，对她客客气气的，一点都没有表现出看不起她的意思。可是，宋家银还没盖砖瓦房，房明燕把砖瓦房盖起来了。这跟做文章一样，她虽然早就打好了腹稿，因无纸无笔写出来，文章还停留在肚子里。如今，人家把文章做出来了，写在地上了，题目和内容和她的腹稿都是一样的，她有一种被抄袭和偷窃的感觉。有房明燕的砖瓦房在前，她再盖这样的房子，就显不着她了，就算她抄袭了人家。房明燕的男人当工人的事，这也让宋家银越想越不对劲。老三当了正式工，杨成方连个临时工也当不成了，她把这两者看成了因果关系，认为是老三把杨成方的工作顶掉了。最让宋家银看不惯的是房明燕的娘家爹，从乡里到这村不过三四里路，那人来看房明燕还坐着吉普车。说是来看闺女，他却不在闺女家吃饭，在支书家里吃开了，喝开了，猜拳行令，闹得全村的人都听得见。村里的孩子难免把停在支书家门前的吉普车围观一下。在支书家帮着烧火做饭的房明燕一会儿出来一趟，让孩子们都离远点，不许摸车。宋家银的女儿杨金明也在那里看车，宋家银站在远处喊女儿，命令女儿回家，说："那儿又没有玩猴儿的，你在那里看什么，没见过东西怎么着！"女儿不回家，她大步走过去，捉住女儿的手就往回拉，骂女儿眼皮子浅，没志气。她本来没打算拉女儿，见房明燕从灶屋里出来，她就奔过去把女儿拉走了。她一见房明燕就来气，她拉女儿，就是做给房明燕看的，话也是说给房明燕听的。房明燕看出二嫂的行为是针对她，她没有计较，微微一笑就完了。可怜的是宋家银的女儿，女儿被拖得两眼含泪，还不明白妈妈为何生这么大的气呢！

　　房明燕的房子盖好后，村里好多人都去看。宋家银坚决不去看。房明燕的房子在村东，为避免看到房明燕的房子，她连村东也很少去。村东有一个出村的路口，到镇上赶集，一般都要从那个路口出村，她去赶集怎么办呢？她宁可从村北的护村坑里翻过去，也不走村东。村北的坑很陡，坑底还有一些稀泥。她侧着身子，一点一点下到坑底，用脚尖点着稀泥，跳到对岸，再抓住坑边露出的树根，攀到岸上去。有上年纪的人不知道她心中的避讳，问她放着好好的大路不走，干吗费劲巴力地翻坑呢？她说翻坑近。嫂子也不理解她，嫂子竟到她家，约她去看房明燕的房子。宋家银说："你想去你去，我不去。"嫂子说，听说老三家的房子盖得不赖，好多人都去看了。嫂子的意思还是想拉她一块儿去看。宋家银躲着房明燕的房子，是躲着自己心中的痛。嫂子拉她去看房明燕的房子，等于把她的痛处触到了，她说："我干吗去看她的房子，她盖的房子再好，是她的，她再富，也是她的，我不沾她一点光！"嫂子不知道宋家银已经忍无可忍了，她仿佛要与宋家银拉统一战线似地说："人家都去看了，咱俩要是不去，老三家的该有意见了，好像咱们多眼气她似的。""放屁！"宋家银骂道。她骂房明燕放屁，把嫂子也捎带上了。嫂子替房明燕假设，等于嫂子也是放屁。她说："我眼气她？撒泡尿照照她那样子，一把攥住，两头不露，有什么值得让我眼气的！"宋家银最后说的话，几近撵嫂子走，她让嫂子赶快去看人家的房子去吧，别在她这里沾一身穷气。

宋家银对嫂子也快不想搭理了。嫂子的两个儿子初中毕业后，都加入了人家的包工队，到山西的小煤窑挖煤去了。这样一来，杨成方家弟兄四个，家家都有了在外做工的。老二老三老四家，都是一个人在外做工。老大虽然没有出去，可他的两个儿子起来了，一出去就是两个。两个比一个多着一倍。老大

到城里去　49

毕竟是老大,他利用两个儿子,一下子把三个弟弟都盖过去了。别管出去做什么工,不管是长期工还是临时工,合同工还是包身工,反正出去就是做工,做工就能挣钱。宋家银从高兰英口里知道,挖煤的活是重,是苦,也有危险,可挖煤挣钱也多一些。老大的两个儿子外出挖煤,一年不知能挣回多少钱呢!宋家银看出来了,嫂子说话的底气比过去足多了,屁股似乎也扭起来了,不然的话,嫂子怎敢和她拉统一战线呢,怎敢撺掇她去看房明燕的房子呢!宋家银觉得这样不太好,有点乱套。哪能家家都有人出去做工呢?那样的话,杨成方往哪里摆,她的工人家属地位往哪里摆,他们家不是被淹没了嘛!宋家银感到受到了前所未有的挑战,她的地位也受到了威胁。

  村里有个叫杨二郎的,不吭不哈,一路摸到北京去了,到北京拾破烂去了。拾了两三年破烂回来,杨二郎发了。杨二郎发财的证据,也是体现在盖房子上。杨二郎不再盖起脊子的瓦房,他认为起脊子的瓦房已经过时了,他盖的是平房。平房上面盖楼板,楼板上面打上防水层,防火层,再用水泥抹平。这样的房顶可以登高望远,可以晒粮食,夏天还可以在上面借风乘凉。平房前面是大出厦,廊厦下面是高起的台阶。有了廊厦的遮蔽,下暴雨也不怕了,从堂屋走到灶屋,不打伞也淋不着雨。房子前面开的不再是小窗,装的也不是传统的木窗棂。他家的窗子开得面积比较大,窗扇可以对开,上面装的是透明的玻璃。杨二郎了不得了,他去北京不光挣回了钱,还开了眼界,长了见识,把北京房子的式样也带回来了。杨二郎的确是那样说的,他说他在北京参观了故宫,看了慈禧太后住的房子。慈禧太后的房子,玻璃窗都是可着房子那么大。他隔着玻璃窗往里面一瞅，就把满屋子的宝物瞅到了。杨二郎举了一个例子，他说别的且不说，如果从慈禧太后屋里拿出一个洗脸盆来，值钱就值老了，恐怕把全村的粮食、房子、牲口和杂七杂八的东西都算上，也买不来慈禧太后的一块盆沿子。有人问，一个洗脸盆那么值钱，难道是金子做的。杨二郎说："这一次可算让你猜对了，那洗脸盆可不就是纯金做的。"听杨二郎说话的人无不发出惊叹。

　　杨二郎从北京回来，还背回一个牛腰粗的蛇皮袋子，里面装的都是他拾回的东西。人们以为那些东西不过是些不值钱的破烂货，谁知道呢，他掏出一样，又掏出一样，每样东西都不破。他像变戏法一样，每掏出一样东西，人们的眼睛就一亮。他掏出来的有毛衣毛裤，皮鞋凉鞋，裙子帽子，无所不有。他还拿回一种裤子，叫牛仔裤。他说牛仔裤，村里人听不懂，以为牛仔的仔是宰牛的宰，就把牛仔裤说成是宰牛裤。村里人还赞叹呢，说北京人就是厉害，就是牛，连宰牛的人都有专门的裤子。宋家银没到杨二郎家里去。外面回来的人，她一般都不去看。她还端着工人家属的架子，表示她对外面回来的人都不稀罕。女儿拽着她的手，让她到杨二郎家去看看。她一下子就把女儿的手甩开了。她知道女儿的心思。杨二郎把带回的那些东西，都以比较便宜的价格处理给村里人了，女儿定是看见别的小姑娘穿了杨二郎带回的式样不错的花裙子，女儿也想让她去挑一件。宋家银对女儿说："我干吗要买他的东西，有钱我还买新的呢！"宋家银已经知道了，杨成方在郑州也是拾破烂。她觉得拾破烂的说法不好听，她不想让人知道杨成方在城里拾破烂。她使用的还是过去的说法，说杨成方在郑州当工人。她说得比较含糊,没有再具体说杨成方是在预制厂当工人。现在的人,去趟郑州跟赶趟集一样,她怕有的人到预制厂去找杨成方,要是一找,杨成方的工作就露馅了,就把破烂露出来了。宋家银是想去听听杨二郎说些什么,或许杨二郎在拾破烂方面有什么窍门,她听到了,好跟杨成方说一说,让杨成方跟杨二郎学着点。从目前的情况看,杨二郎比杨成方拾破烂的效果要好得多。但她心里有点别扭,觉得杨二郎的工作跟杨成方的工作雷同了,她一去,好像对杨二郎的工作表示认同似的。后来有人对宋家银说起杨二郎带回来的宰牛裤,说什么宰牛裤、宰猪裤,原来就是劳动布做的裤子,跟杨成方穿的工作裤差不多。这样的口气和说法,显然是笑话杨二郎的意思,笑话杨二郎拿着破布当龙袍,回来糊弄乡亲们。既然是笑话杨二郎,既然是拿杨成方的工作裤拆穿了杨二郎的宰牛裤,宋家银来了兴趣,她宣布她也要去看看,杨二郎带回来的是什么样的宰牛裤。杨二郎把牛仔裤取出来,宋家银差点笑弯了腰,不就是一条劳动布裤子嘛,说什么宰牛裤不宰牛裤,这样的裤子,他们家杨成方都穿烂好几条了。杨二郎表情严肃地纠正宋家银,说劳动裤和牛仔裤可不能比,牛仔裤有形,松紧性强。劳动裤都是大裤裆,也没啥松紧性。穿牛仔裤时髦得很,现在北京城里的年轻人,都是穿牛仔裤。杨二郎问宋家银:"你知道牛仔裤是哪里传过来的吗?"宋家银还是笑,说:"不是宰牛裤嘛,怎么又成牛宰裤了!"杨二郎说:"你不要听别人瞎说,什么宰牛裤,宰人裤呢!这个仔不是那个宰,牛仔裤的仔,是人字旁右边搭一个子字。我一说吓你一跳,牛仔裤是从美国传过来的。美国美国,美国人最爱美,全世界的人都在向美国人学习。"宋家银不服,说:"按你这个说法,美国人都爱美,日本人都爱日了!"一屋子人都笑了,他们把日本的日理解成另外一种意思了。

对于别人的嘲笑,杨二郎一点也不恼,他说:"你们不要笑,你们不懂。"他接着又讲了一些在北京的所见所闻。他说有些事情他原来也不懂,后来才慢慢懂了。有一次,他从垃圾箱里捡出一个圆圆的纸盒子,盒子里有上半盒黄吃歪歪的东西。他以为是小孩子拉的屎,正要把纸盒子扔掉,旁边一个老太太指点他,说那是冰激凌,挺好吃的,让他尝一尝。什么冰激凌,他连听说都没听说过。他有些犹豫,不想尝。他看着还是像屎。穿戴不俗的老太太挺执着,也挺负责任似的,坚持让他尝一尝。在人家的地面讨生活,人家让你干什么,是给你面子,他不要面子也不好。于是,他用手指头抠了一点冰激凌放进嘴里。你别说,那玩意儿冰冰的,甜甜的,还真好吃,吃一口就激凌一下子。杨二郎不光拾破烂,还收破烂。有一回他收回一堆破棉花套子。心说把套子晾晾吧,一抖,从破套子里抖出几张存款单来。存款单都是定期的,上面有名有姓,他不敢冒名去取,生怕人家已挂了失,把他当小偷抓起来。说着,他从屋里拿出一张存款单来给大家看。宋家银他们把存款单接过来一瞅,真的呢,上面填的存款数是三千块。存款单很精美,细看上面也有花纹,跟票子差不多。宋家银从没见过这样的存款单。她想,杨二郎从破套子里抖出来的不知有没有现金,就是有现金,恐怕杨二郎也不会说。得外财的事,人都是藏着掖着,谁愿意说出来呢。杨二郎说,他还捡到过一个手机。一个人从小轿车上下来,手机就掉在车门口的地上了。他过去把手

到城里去 53

机捡起来,喊住那人,把手机还给了人家。他要是不还给人家,一个手机能卖好几千块呢!他的话别人又没听懂,有的听成了烧鸡,有的听成了熟鸡,心说,一只鸡,不管烧得再熟再烂,也值不了几千块钱哪!心里有疑问,他们没敢马上问。他们本来想笑话杨二郎,现在成了杨二郎笑话他们,杨二郎完全掌握了主动。他们要是一问,杨二郎肯定还会说"你们不懂"。果然,杨二郎笑着看看这个,看看那个,说:"我说手机,你们又不懂了吧。手机,可不是咱们家喂的公鸡母鸡。手机是电话机,是拿在手上的电话机。手机跟一副扑克牌大小差不多,上面没有线连着,走到哪里都能接电话,都能打电话。手机一叫好听得很,得儿得儿的,比蛐子叫得都好听。"

杨二郎后来说的话,宋家银没怎么听进去,她有点走神儿。她在心里调兵遣将,准备赶紧通知杨成方,让杨成方也到北京去。既然北京到处都有宝,到处都是钱,出门还能捡到这机那机,既然北京城里看着像屎的东西都好吃,杨成方死脑筋,还待在郑州干什么。

九

老四出事了。建筑队打回电报,说是老四受伤了,让他家里的人速去。宋家银的公爹拿着电报,让大儿子、大儿媳、二儿媳、三儿媳看了一圈,然后由大儿子陪着他,到济南去了。宋家银原以为公爹让各家给他出路费,公爹没张那个口。公爹让这个那个看电报,不知是啥意思。公爹的表情很沉重,沉重得似乎连话都说不出来了。看样子,公爹可能把老四受伤的事估计得过于严重了。宋家银还安慰了公爹几句，说没事，出门在外，磕一下，碰一下，都不算什么事。说不定公爹还没走到地方，老四已经到脚手架上干活儿去了。

老四出的是大事。他钻进搅拌机的大肚子里，清理巴在搅拌机内壁的残渣。别人不知道他正在搅拌机的肚子里面干活儿，有人把搅拌机的电闸合上了。搅拌机隆隆地一转动，老四就变成了搅拌对象，也就是搅拌机大肚子的消化对象。等有人想到老四可能在搅拌机里干活，把搅拌机停下来时，老四已被搅拌得一塌糊涂，分不清哪是沙子，哪是石子，哪是水泥。搅拌好的东西一般都是稠稠的流质。老四几乎也成了流质，扶起来是不可能了。眼看局面不好收拾，公爹给三儿子打电报，让在国家油矿工作的老三也去了。经过艰苦谈判，建筑包工队答应赔给公爹一万三千块钱。楼房的业主不赔钱，因为业主和包工头儿事先签订的有合同，如果出了工伤或工亡事故，一切后果由建筑包工队承担。公爹本打算给四小子讨一副上等的棺材，用棺材把儿子装回去，见儿子已不成形状，拉回去也没法看，只会让孩子的娘更痛心，就作罢了。结果，爷儿三个只把老四的骨灰盒提回去了。

婆婆一抱住骨灰盒就哭开了，仿佛骨灰盒就是她儿子，谁从她手里夺骨灰盒，都夺不下来。婆婆叫着老四的小名，说她儿子出去时是活不拉拉的儿子，回来就成了这样，成了一把骨头渣子。出去，出去，出去能落个啥呢！宋家银劝婆婆别哭了，劝着劝着，她自己倒哭了，眼泪流得啦啦的。公爹拿着电报让她看时，她一点都没吃惊，甚至希望老四出点事，如果老四出点事，不能再出去做工，她心里会平衡一点。老四出了这么大的事,她又觉得自己太过分了,太没人心了。老四没了,老大在家,老三也回来了,只有杨成方没回来。是她不让杨成方回来。她说她只知道杨成方在北京,但不知道具体地址。她怕耽误杨成方挣钱。她正在家里盖房子。房子是包给人家盖的,连盖房子她都没让杨成方回来。她家盖的是平房,基本上模仿杨二郎房子的式样。但她不承认她家的房子跟杨二郎家的房子一样,因为杨二郎家的房子不拐弯儿,没有厢房。她家除了盖四间堂屋,又盖了两间西厢房。她家的房子是超越性的,在全村又拔了头筹。因为没让杨成方回来,她觉得对公公婆婆有点愧。对老四也有点愧。她怎么办?她只有通过哭来弥补一下,来做一个姿态。她要让人知道,她宋家银是很懂事的,也是很重感情的。同时,一个在盖房子的事情上拔了头筹的人,也应该哭一哭。胜利的人都是要流眼泪的。通过哭,她还要让人知道,她盖这么好的房子,不是要成心盖过别人,不是跟任何人过不去,她是跟自己过不去,她天生就是一个和自己过不去的人。别人只知道她盖房子,谁知道她是怎么省的,谁知道她所受的苦处。还有杨成方,谁知道杨成方在外头受的是什么样的罪!宋家银干脆哭出了声。别人叫着"他二嫂",越是劝她别哭了,越是夸她嫂子比母,她哭得越痛快。她还想起四弟有一次跟她借自行车,她不但没借给四弟,还骂了四弟,她只好请四弟原谅她了。

婆婆抱着老四的骨灰盒不放,还有一层意思,她拿骨灰盒和棺材比,嫌骨灰盒太小了,太短,也太狭窄。她说她儿子那么高的个儿,睡在这里面,胳膊伸不开,腿伸不开,太憋屈了,太受罪了。宋家银很快理解了婆婆的意思,在这个事情上，也愿意顺从婆婆的意思，她建议，应该给老四买一口好棺材，把骨灰盒放进棺材里。她听说，人死后，棺材在阴间就是人的房子。他们都有了房子，老四也该有一套像样的房子。反正人家赔给公公婆婆的有钱，这笔钱应当拿出一部分，花在老四身上。不然的话，钱留在那里干什么！

对宋家银的建议，全家人都没有反对。也不好反对。于是，公爹从镇上买回带香味的红松，请人做了一口厚重的棺材，把小小的骨灰盒放进大容积的棺材里去了。大概也是因为有了钱，老四的葬礼按常规葬礼举行，一个项目都不少，搞得相当排场。家里请了响器班子，吹打了一番。家里摆了宴席，待了好几桌客。还是宋家银的提议，家里请人给老四扎了收音机、电视机、自行车等新鲜东西。还让人给老四扎了一个跟真人一样高的闺女。闺女脸上画了眉眼，点了樱桃口，涂了红脸蛋，俊俏得很。因为老四没有结婚，有了这个闺女陪伴，老四就不寂寞了。

打工这个词已经很流行了，它像种麦、过年一样流行，人人都会说，都说得很顺嘴，而且知道它的内容。你若问谁谁到哪里去了，连八十岁的老太太也会告诉你，打工去了。老四的死，一点也没让人们感到有什么了不起，一点也不影响人们外出打工的积极性。村里祖祖辈辈死了多少人了，人们的死法大同小异，不能给人留下什么印象。而老四的死法是独特的，是死（史）无前例的，人们一下子就记住了。和老四的死几乎是同步，该村外出打工的年轻人，在武汉也死了一个。年轻人没挣到钱，他见商店里东西很多，起了偷窃之心。趁商店关门时，他在一个角落里躲起来了。夜深人静之后，他正从柜台里往外拿东西，被一个值夜的老头儿发现了。老头儿叫了一声好啊，刚要打电话报警，他扑上去，掐住老头儿的脖子，活活把老头儿掐死了。年轻人的死也不算好死，他是被人家武汉的人枪毙掉的。年轻人死得不够光彩，村里人对他不表示同情。大家认为他的手伸得太长了，是自己送死。死人没让外出打工的人感到害怕，相反，有更多的人冲出去了，踏上了打工的征程。这劲头有点像当年闹革命，一个人倒下了，更多的人站起来，前仆后继似的。

这个村一百多户将近二百户人家，几乎家家都有人外出打工。有的家庭不止出去一个，出去两个，甚至三个。城市的大门好像一下子敞开了，农村人进去一个，它们吸收一个。过去城市的门槛高得很，门也关得很严，不许乡下人随便进去。你硬着头皮进去了，说不定它抓你一个流窜犯，把你五花大绑地送回原地。这下好了，条条溪流归大海，城市真的像一个大海，什么人都可以进去扑腾了。让人始料不及的是，不仅男孩子出去打工，女孩子也把不住劲了，也开始收拾行囊，外出打工。这村有一户姓孙的，是独门独户的一家外来户。他们家想多生儿子，以便在这个村壮大队伍，站稳脚跟。谁知孙家老婆的肚子不争气，皮囊子里女孩儿多男孩儿少，老婆连着生下五个闺女，才勉强生了一个儿子。生孩子多，挨罚就多，这家的日子穷得像掉了底子的水罐子，提都没法提了。孙家的日子转机之日，是在孙家的大闺女二闺女结伴出去打工之后。第一次，两个闺女给家里寄回三千块钱。第二次，两个闺女给家里寄回六千块钱。这种大额汇款，乡邮电局的邮递员都是开着大篷车，直接给收款人送到家里，每送一千块钱收取十块钱的送款费。这是邮电局新增加的服务项目,据说是为了保证取款人的安全,也是服务上门。这种服务带来一个毛病,就是保密功能差一些,大篷车咚咚一响,一开到谁家门口,全村的人都知道了。大篷车的响声如同放炮,人们像拾炮的一样,就到姓孙的家门口去了。人们当然拾不到什么炮,但去过的人眼神都有些惊诧,心里眼气得有些疼,疼得跟炮崩的一样。日死他祖宗吧,老孙家的闺女打啥工去了,挣这么多钱!难道城里的工都是公的,男孩子上去打不败它,只有女孩子上去才能制服它,打败它?两个闺女寄回这么多钱,老孙不敢把钱放在家里,他怕招贼惹祸。他也没把钱往信用社里存,他还没有存钱的习惯。他的办法是马上把现金换成砖,把红砖头垛得一垛一垛的。就是贼来了,顶多偷几块砖,偷不走他的钱。买砖的目的,当然是盖房子。老孙说了,他不盖砖瓦房,也不盖平房,他要盖一座两层的楼房,来他个一步到位。村里人没听错,外来户老孙要在以杨姓为大户的村庄盖楼房了,羊群里长出骆驼来了。因为两个闺女的本事,老孙要往高处走了,要上天了。老孙在人前不敢翘尾巴,跟人说话时,他还是夹着尾巴,还是一脸苦相。不过他说话的内容变了,他说,以前在这个村,没人看得起他,看见他跟看见要饭的差不多。家里穷得闺女连条裤子都穿不起,他难受得不知道哭过多少回。他哭,也不敢在外面哭,怕人家看见笑话。他都是半夜里在家里偷偷地哭。人家说他现在行了,要盖楼了。老孙眼里的得意憋不住了,变粗的尾巴根子似乎再也夹不住,他说:"十年河东转河西,老天爷总算开眼了。"对于老孙家的崛起,村里人无论如何不大好接受,他们说,老孙家的闺女到城里不知干什么去了呢,那么

到城里去　59

多钱，肯定不是正当渠道挣来的。老孙听到了风言风语，一点也不生气。他好像早就料到了人们会说闲话。他说，他的两个闺女在一家鞋厂里给人家做鞋。因为那个鞋厂做的鞋好，是出口到国外，给外国人穿，挣的是洋钱，所以厂里给工人发的工资就高些。有人说，噢，给人家做鞋，这就对了，听说外国人的脚可是大呀！也有人不明白给人家做鞋怎么就对了，说再好还能好到哪里去，不过是皮鞋呗。难道皮鞋不是猪皮羊皮牛皮做的，是人皮做的？

别管人们怎么议论，村里的女孩子都有些蠢蠢欲动，也想出去打工。杨金明对妈妈说，她也想出去打工。妈妈老是在家里说，人家老孙家养闺女真是养值了。她家两个闺女出去就挣那么多钱，要是五个闺女都长大，都出去挣钱，不知能挣多少钱呢！现在人家要盖楼，说不定以后该树塔了。过去都是说养闺女是赔钱货，现在世道变了，养闺女比养儿子强。宋家银不反对女儿出去打工，她说："等你初中毕了业，你想去哪儿就去哪儿，妈不拦你。"

是不是可以这样判断？宋家银当初热衷于把丈夫杨成方往城里撺，是为了要工人家属的面子，是出于虚荣之心。这是第一阶段。到了第二阶段，宋家银受利益驱动，就到了物质层面。也就是说，她让杨成方出去，主要是为了让杨成方挣钱。杨成方挣回了钱，垫高了家里的物质基础，她才能踩着基础和别家攀比。到了第三阶段，宋家银的指导思想就不太明确了，就是随大流，跟着感觉走了。这时候，外出打工，或者说农村人往城里拥，已经形成了浪潮，浪潮波涛汹涌，一浪更比一浪高。这样的浪潮，谁都挡不住了，谁都得被推动，被裹挟，稀里糊涂地就被卷走了。有一年夏末，他们这里发过一次大洪水。洪水是从西边过来的，浪头有屋山高。洪水一过来就不得了，沟满河平房倒屋塌不说，洪水一路欢呼着，把房子的草顶、屋子里的木床、村头的麦秸垛等，都顺手牵羊似地捎走了。在强大的洪水面前，人是脆弱的，人被洪水追得屁滚尿流，无处躲，无处藏，只能跟着洪水走。和洪水不同的是，水往低处流，而打工的浪潮是往城里走。乡下人历来认为，城市是高处。往高处走，是人类共同的心愿。既然有了千载难逢的好机会，谁不愿意到城里插一脚呢！

十

宋家银也要到城里去了，她不是主动去的，是被动去的。她不是去打工，也不是去观光。

在此之前，宋家银还没想过一定要到城里去。杨成方常年在外，家里总得有人守摊。在夫妻的分工上，宋家银遵守的还是传统的分工方法。杨成方是外线人，是打外的。她给自己的定位是家里人，是主内的。两个孩子正上学，她每天要给孩子做饭吃。家里喂的有猪有羊，有鸡有鸭，有狗有猫。一个活物一张嘴，每张嘴都会叫唤。一张嘴打发不好，能叫唤成十张嘴。这些都离不开她。她辛辛苦苦建设这个家，为了比别人强，为了让别人看得起，她的荣耀在家里。她要是到了外头，谁会认识她呢，谁会知道她的荣耀呢！她总不能像蜗牛一样，走一步就把房子背在自己身上吧？就算她把房子背进城里，城里人谁会看得上蜗牛的壳子呢，说不定一脚就把壳子踩碎了。

到城里去

宋家银把家看成是她家的根据地，把根据地建设好了，保卫好了，进城的人干着才放心，回到家才有一个稳定和温暖的窝儿。城里是挣钱的地方，也是花钱的地方。人还没进城，就得先花一笔车费。宋家银不想花那个车费。可这一次，宋家银不进城是不行了。

高音喇叭在村长家院子里的杨树上响，村长的老婆在喇叭里喊："金光家妈，来接电话，北京来的电话！"村长家的杨树很高，树上的喇叭是居高临下。喇叭的嘴巴很大，嗓门也很高，喇叭一响，全村的人都听见了。这表明村里通电话了。因为电话的线路少，只有村长家安了电话。外出的人来了电话，都是打到村长家里，由村长家里的人通过大喇叭喊人去接。用大喇叭喊人带有传呼性质，是收费的，传呼一次，收一块钱。村里外出的人多，打回的电话也不少，几乎每天都有人往村里打电话。电话来自全国各地，有北京上海深圳，也有山西新疆内蒙古。一部电话，把全国的大城市都连起来了，把各地的消息都接收到了。听到村长的老婆在大喇叭里喊她时，宋家银正在厕所里撒尿，刚撒了一半。金光家妈，肯定是她，她儿子叫杨金光。让孩子把娘喊成妈的，也只有她家。电话是北京来的，这也很对，因为杨成方在北京工作。杨成方从来没往家打过电话，这一次怎么想起来打个电话呢？宋家银激灵了一下，没等把剩下的一半尿撒完，就边提裤子，边向村长家跑去。电话不是杨成方打来的，是杨二郎打来的，杨二郎告诉宋家银，杨成方让人家给抓起来了，弄走了，关在哪里，他也不知道。宋家银的脸一下子白了，连嘴唇都白了，一点血色都没有。同时，她身上不由自主地哆嗦起来，拿电话的手哆嗦得像拿着一件小型振动器。别看她对杨成方那么厉害，其实这个女人的胆子是很小的，事情一到她头上，她就吓坏了，她就蒙了，六神无主了。村长老婆就在她身边，一直瞅着她的脸，她的嘴。杨二郎说话的声音很大，不用说，村长老婆也听见了。村长老婆见她拿着电话的嘴，找不到自己的嘴，就教她说话，让她问为啥。那么她就问："为啥？"她问得小声小气，像是被谁掐住了脖子，脖子变得像电话筒一样细。杨二郎说，他也说不清楚，听说是拿人家的东西了。偷人家的东西，说得好听一点，就是拿人家的东西。这种说法宋家银明白。村长老婆继续让她问，拿人家啥东西了。这一次宋家银没有听村长老婆的，她大概记起自己的面子了，替杨成方辩护说："杨成方那么老实，胆小得跟虱一样，他怎么敢动人家的东西！不会吧？"杨二郎没有跟她多说，最后跟她说的是："反正我跟你说了，你赶快来吧！"放下电话，那些话还在她脑子里轰轰作响，还没有放下，她忘了交钱。村长老婆提醒她，把钱交了，一块钱。她低着头已经走到门口，只得又站下了。她喊村长的老婆喊婶子，说今天来得匆忙，身上没带钱，改天再送来。她像是又想了什么，对婶子说："电话里边的事别跟别人说。我不相信金光家爸会动人家的东西。"村长老婆没有承诺不对别人说，她说的还是交钱的事，说有的人说的是改天送来，改着改着就没影了。宋家银听出来了，她今天若不及时交上一块钱，杨成方被抓走的事马上会传遍全村。她说："我再看看，兜里有没有赶集买东西剩下的钱。"其实她身上带的有钱，有一卷子零钱呢，她嫌村长老婆要钱太多，不想掏这个钱。作为要村长老婆替她保密所付出的代价，她才把一块钱从钱卷子里剥出来了。

到城里去

她说:"巧了,兜里正好有一块钱。"

宋家银怎么办?她从小就听说过关于北京的声音这个词,这个词似乎和最新的消息最好的消息联系着,北京的声音近乎神圣,一听说是北京的声音,人们马上就得肃然起敬,同时要做好激动和幸福的准备。宋家银这次接到的电话,不能说不是从北京传过来的声音,但这个声音没给她带来什么好消息,也没让她觉得幸福无比,而是一下子把她击垮了。从村长家回到她家不算远,但她的腿软得如同被人抽去了大筋,像是走过了千里万里。回到家里,她往床上一栽,一口气才出来了,她说:"我的娘啊,倒霉事咋都跑到我头上了呢!她听见了自己的哭腔,眼泪随即也下来了。老四出事时,她估计得轻。杨成方被抓,她估计得重。她估计,杨成方一被人家抓起来,就得判徒刑。要是杨成方被判个十年八年的,谁给这个家挣钱?她家的日子怎么过?村里人知道她男人成了罪犯,她的脸往哪儿搁?她今后怎么出门?还有她的一双儿女,一说他们的爸爸进了监狱,孩子怎么受得了?孩子的名誉怎么办?孩子的路怎么走?宋家银没有哭长,她爬起来找公爹去了。杨成方是她的男人,也是公爹的儿子,她认为公爹有责任搭救儿子。公爹也没有什么好办法,公爹带她到乡政府找房明燕的爹去了。房明燕的爹已从副乡长升到乡长,又升成了乡党委书记,成了全乡的第一把手。宋家银没有拒绝去找房明燕的爹。事情既然到了这般地步,救男人要紧,谁的手大抓谁的,谁的腿粗抱谁的。他们找房明燕的爹,没有通过房明燕。房明燕不在家,到油田找老三去了。房明燕生了孩子,孩子才一岁多,她就带着孩子到城里去了。油田已经建成了一座石油城。据说房明燕已给孩子在石油城里买下了户口,孩子算是城里人了,以后孩子上学,工作,都是在城里。房明燕在村里盖的砖瓦房还在那里,院子的门上锁着一把起了锈的铁锁。前几天,宋家银路过房明燕的家门口,还推开门缝往里张望过,只见院子里的地上长满了蒲公英,开了一层小黄花。宋家银认为,家里还是不能没人,如果人都走了,野草就把院子占了,院子就废了。天长日久,房子也会生病,倒塌。

公爹没有敢跟房明燕的爹拉亲戚关系,把亲家叫成房书记。宋家银也只好跟着叫房书记。房书记听宋家银说了杨成方的情况,说这没办法,谁都没办法。房书记的观点,在哪儿犯事也不能在北京犯哪!北京那是啥地方,一草一木都连着国家的心脏,你动一棵草,心脏就得跳几下,警察就得出动,人家不抓你抓谁!有些事,放在咱们这儿,也许不算什么事,放在北京,那就是大事,知道吧!公爹问,能不能花点钱,把看守杨成方的人买通一下,把杨成方的罪减轻一点。要是能把杨成方放出来,更好。房书记笑了,说:"我怕你们拿着钱送不出去。北京的人都是见过大钱的主儿,你们递几个小钱儿,人家根本看不上,说不定连用眼夹都不夹。你们想多花点钱也麻烦,如果送钱送错了人,碰上一个铁面无私的,人家把你的钱没收了,再拿你一个行贿罪,你就得吃不了兜着走。"公爹和宋家银都被房书记的话吓住了,还没去北京,好像已经领教了北京的厉害。房书记大概念及亲戚情面,最后总算没让公爹和宋家银失望。房书记说,他认识一个人,在北京一家报社当记者。他把记者的地址抄给宋家银,让宋家银去找找那个记者,先打听一下情况。

到城里去

十一

宋家银把家托给公爹看管，只身到北京去了。她没有把家托给婆婆，她怕婆婆趁机挖她家的麦，卖她家的粮食。尽管如此，她还是在麦 子里埋了几个鸡蛋，给麦子做了记号。她想到了，她外出期间，婆婆难免会到她家去，须知公爹和婆婆穿的是连裆裤，婆婆挖她家的小麦，公爹不会干涉。

从未进过大城市的宋家银，一来就来到了首都北京。一路上她惶恐得很，心里一点底都没有。到北京，她当然要先找杨二郎。杨二郎打电话让她来，她不找杨二郎找谁！杨二郎在北京拾破烂的年头比杨成方长得多，人家不抓杨二郎，却把杨成方抓起来了，这不合理。她乘坐的火车是一大早进北京城的，她找了一天，直到天快黑了，才找到杨二郎住的地方。她进了城，还得从城里退出来。她退了一程又一程，问问，离她要找的地方还很远。她原来想着，北京城会比他们的村庄大些，十来个村庄合起来，就大得不得了啦。不料想北京会这么大，恐怕一百个村庄合起来，也抵不上北京城的一个角，天哪！后来宋家银退到了城外，退过一片庄稼地，又退过一块菜园，才在一片垃圾场的旁边把杨二郎找到了。杨二郎住的是一间烂砖和油毡搭建的小棚子，棚子顶上压的还有塑料布和砖头。杨二郎说，这房子是当地人建的，租给他们这些拾破烂的人住。他和杨成方，还有另外两个人，合租这一间房。宋家银低下头进了棚子，见棚子的地上打着一个地铺，地铺上胡乱扔着几团被子。宋家银一眼就把杨成方的被子认出来了。尽管杨成方的被子旧得不能再旧，脏得不能再脏，烂得不能再烂，宋家银还是认出来了。那是一床粗布里粗布表的印花被子，杨成方在县城当临时工时，盖它；杨成方在郑州拾破烂时，盖它；来到北京，杨成方还是盖它。杨成方给家里寄回那么多钱，她用杨成方挣的钱盖了宽敞明亮的六间房。她还买了软床，床上的被子，铺一双，盖一双。可杨成方连床新被子都舍不得给自己买，杨成方太苦自己了。听说北方的天气到冬天是很冷的，在数九寒天，杨成方盖着这样一条渔网样的破被子，不知是怎样熬过来的。宋家银鼻子发酸，她有些心疼杨成方了。

  杨二郎告诉宋家银，杨成方没拿人家什么值钱的东西，就是一个铝合金的梯子。人家用完梯子，把梯子暂时放在墙边。杨成方大概以为人家不要梯子了，就把梯子扛走了。谁知杨成方还没走出多远，就被戴红袖箍的治安联防队员看见了，联防队员就把杨成方扭送到派出所去了。杨二郎说，这些情况原来他也不知道，有一个老乡，那天跟杨成方一块儿出去拾破烂，抓走杨成方时他都看见了。宋家银问杨二郎，杨成方现在在哪儿。杨二郎说不知道。在那里拾破烂的也有女人。宋家银跟几个女人在一屋挤了一夜，第二天，她让杨二郎跟她一块去找那个记者。杨二郎不想去，他说他今天还有事儿，还要出去。杨二郎的事无非是拾破烂，无非是怕耽误他拾破烂。按辈数，宋家银应该要喊杨二郎喊二叔，她说："二叔，北京这么大，我到这里两眼一抹黑，你不带我去，我到哪儿摸去。"杨二郎说北京这么多公共汽车，宋家银可以坐车。杨二郎还是想让宋家银自己去。宋家银有些生气，说："二叔，俺的人不知是死是活，让你帮助找个人打听，你推三推四的，有点说不过去

到城里去　67

呀！"杨二郎说，不是他不想去，他对北京也不熟，见了记者他也害怕，还有一个问题，坐车谁掏钱。宋家银明白了，原来船在这儿湾着。杨二郎每次回家都穿得人五人六，吹得七个八个，都以为他肥得流油了，原来这么小气，村里人来找他，他连个车票钱都不愿掏。宋家银说："坐车我掏钱，行了吧！"杨二郎说："谁掏钱问题不大，我是把丑话说在前头。"

他们坐汽车跑了很远的路，又换了两路汽车，七拐八拐，才来到那个记者所在的报社。报社门口有人把门，不让他们进。他们说了记者的名字，把门的人给记者打了电话，记者从楼上下来了。记者是个年轻人，穿着西装，打着领带，很板正的样子。他对宋家银和杨二郎说："我不认识你们哪。"宋家银赶快抬出房书记的牌子，说是房书记让找他的。记者点点头，说房书记，他知道。他问宋家银有什么事，说吧。记者没有带他们上楼，也没让他们去楼下的会客室，带他们到门外一侧站着去了。杨二郎果然拘谨得很，连话都不敢说。宋家银跟记者说了杨成方的事。记者认为不好办，人进去容易，出来难，他也没什么办法。他顶多帮助打听一下，杨成方关在哪里，所犯的是什么事，严重不严重。宋家银从兜里掏出一卷儿大票子，递向记者，让记者帮他打点。说她知道的，现在求人都得花钱。记者躲着身子，说："我怎么会要你的钱，我一分钱都不要。就这样吧，你们后天再来，我打听到什么情况，就告诉你们。"记者又说："其实你们不来也可以，给我打个电话就行。"他掏出一张名片，递给宋家银，说上面有他的电话。

往回走时，他们没有马上坐汽车，杨二郎带着宋家银走一些小街。杨二郎说是带宋家银看看北京的街，其实是为了替宋家银省点车票钱。他见宋家银攥着一卷儿钱，这样坐车也很危险，要是被小偷盯上就麻烦了。他一再对宋家银说："把钱放好。"宋家银把攥钱的拳头握紧再握紧，说放好了。走在小街上和住宅区，他们不时地能看见一个拾破烂的人。那些人都是一手提着特大号的蛇皮袋子，一手拿着一只钢筋窝成的小钩子。因为那些人只拾破烂，不拾人，所以他们一般不看人，只看墙角、地面和垃圾道的出口。一旦发现有人注意他们，他们匆匆地就躲开了。他们显然是这个城市的另类，这从他们的穿戴和面目上都看得出来。他们穿的衣服都不讲究，都很廉价，还有些脏污。他们的面目不是发黄，就是发黑，一个两个都显得很老相。他们不刷牙，也很少洗头。他们一张嘴牙还是黄的，头发还是黏的。所以他们尽量不张嘴，也尽量不抬头。那些人当中，有男的，也有女的。宋家银一看见那些女的，就认出跟她是同一个地方的人。只有她那地方的人，头上才包着一块带蓝道儿的毛巾，包头才是那样的包法。主要标志还是那些女人的脸型。宋家银也说不清那种脸型有什么特别的地方，她只觉得那种脸型有不少相同的地方，像是你模仿我，我模仿你，模仿成了一种带有标志性的模式。宋家银看见两个妇女在地上坐着啃干馒头。这种直接把屁股坐在地上的坐法，也是她们那地方所特有的。宋家银不敢多看那两个妇女，那两个妇女好像是两面镜子，她一看就从镜子里照见自己了。那两个妇女大概也认出了宋家银跟她们是同一个地方的人，并对宋家银跟一个男的同行有些疑问，就把两面"镜子"举起来，对着宋家银。宋家银不敢回头，赶紧走了。

又往前走了一段，他们看见一个老头拖着一个妇女，不知往哪里拖。老头着装整齐，显然是城里人。而那个妇女，一看就是在城里拾破烂的农村人。妇女突然往地上一堆，坐在那里不走了。老头认为妇女耍赖，使劲拉着妇女的一只胳膊往起拉，却拉不起来。妇女的垃圾包还在肩膀上挎着，铁钩子还在手里拿着，面色苍黄，恐惧得很。老头拉着妇女的胳膊不撒手，他说："大天白日，你敢偷东西，不行，跟我去派出所！"这时有人凑过去了，问怎么回事。老头说："人家单身职工在院子里晾的秋裤，被风吹得掉在地上了，她跳进栅栏，就把秋裤偷走了。她以为我看不见，我是干什么的！这座单身职工楼已经丢了好几件衣服了。"那妇女说："我不是偷的，我是在地上拾的。我还给你了。"老头说："还给我也不行，今天非得让派出所的民警好好教训教训你。说不定以前丢的衣服都是你偷的。"说着，老头又使劲拽妇女的胳膊，把妇女的胳膊拽得像一根拴羊的绳子一样。那妇女身子往上一长，两只膝盖冲老头跪下了，喊老头大爷，哀求老头，让老头放了她。老头大概没料到妇女会来这一手，会对他下跪，他不由地把手松开了。妇女以为她的下跪生效了，老头对她开恩了，不料，她爬起来要逃时，老头又一把将她逮住了。说来这老头真够负责的，无论那妇女怎样求饶，甚至冲他磕头，他就是不放人家走。老头一拉，妇女就下跪。停一会儿，老头又一拉，妇女又跪下去。宋家银和杨二郎不敢靠前，只在旁边看着这一幕。杨二郎几次小声催宋家银快走，宋家银没有走，他想看看事情最终会有什么结果。老头耍猴儿一样让妇女跪来跪去，事情老也不见结果，他们只好走了。宋家银想到了杨二郎带回家的那些衣服，不知杨二郎是不是使用和那妇女同样的方法拾来的。宋家银还想到了杨成方，杨成方也许就是这样被人家送到派出所去的。就是不知道杨成方给人家下跪没有。北京的地硬，不是石头地，就是水泥地，膝盖跪在地上是很疼的。宋家银不知道那妇女的膝盖疼成什么样，她还没有下跪，就似乎觉得自己的膝盖已有些隐隐的疼了。她原以为城里千般都是好的，没想到农村人到城里这样低搭，是跪着讨生活的。

第二天，宋家银就给记者打电话询问情况。记者没让宋家银失望，他告诉宋家银，他打听过了，杨成方是治安拘留十五天，到了天数，人家就会把杨成方放出来。宋家银和杨二郎算了算，杨成方已进去十三天，如果记者打听到的消息是真的，再过两天，杨成方就该放出来了。等到第三天中午，宋家银总算把杨成方等回来了。杨成方拾破烂大概拾习惯了，人家刚把他放出来，他还没有走回驻地，就开始了重操旧业。他拾到的有空矿泉水瓶子，有废报纸，还有一些硬纸壳子。由于没带拾破烂的蛇皮袋子，他就把拾到的破烂抱在怀里。杨成方见到宋家银，未免吃了一惊，问："你怎么来了？"这几天，宋家银想的都是杨成方对家里的好处和杨成方在外面所受的苦，酝酿了一些感情。她打算，等杨成方出来后，她要把感情使出一些，把杨成方安慰一下。她在电视上看见过，一些久别的亲人重逢后，都要互相抱一下，哭一鼻子。如果可能，她也要跟电视上的做法学一学。一见到杨成方，她所酝酿的一包子温和的感情不知跑到哪里去了，好像很快转化成一种不良的气体，气体脱口而出，她反问："你说我怎么来了？这都是你干的好事！"杨成方抱着的破烂脱落在地上，人一时像傻了一样。这时候的杨成方,怎么也应该哭一哭。从哪个角度讲,他也应该哭一哭。才四十来岁的人,杨成方的头发已白了大半。杨成方很瘦,脖子显得很细,人也越发的黑。杨成方额头上皱纹很深,眼角的皱纹也成了撮。杨成方的门牙掉了一颗,不知是自己跌落的,还是被人家打落的。他的两个门牙之间的牙缝子本来就宽,本来就关不上门,门牙这一掉,等于门掉了一扇,看去更简陋了,甚至有些破败。谢天谢地,杨成方这一次总算掉了眼泪。他这次并没有怎么努力,没有挤眼,也没有撇嘴,眼睛只是那么眨了眨,他的眼睛就湿了,眼泪就流下来了。杨成方的眼睛旱得太久了,老天爷是该赏给一点眼泪了。不然的话,一个人想哭哭,都哭不成,未免太可怜了。宋家银看见了杨成方的眼泪,杨成方的眼泪是金贵的,一见杨成方终于落了泪,宋家银的态度就转变了,刚才消散的温和感情回来了一些。她劝杨成方:"好了,别难受了,只要人回来了就好。你不知道,这些天我的日子是咋过的,我的心一天到晚揪巴着,想哭都哭不出来。"这样说着,宋家银的鼻子一吸溜,眼泪流了一大串。她问杨成方:"人家打你了吗?"杨成方摇摇头,说没有。杨成方问宋家银,他被人家抓走的事,是谁告诉宋家银的。宋家银说是杨二郎。杨成方顿时有些生气,他的头拧着,咬了牙,嘴角有些哆嗦,几乎骂了杨二郎。埋怨杨二郎多嘴,谁让他告诉家里人的。宋家银没见过杨成方生这么大的气,看来杨成方锻炼得可以了,不但会流眼泪,脾气也见长了。宋家银说:"你不能埋怨杨二郎,人家也是一番好意。"

宋家银让杨成方去理发店理理发,刮刮脸,马上跟他一块儿回家。杨成方说:"回家干啥,我不回去!"宋家银说:

"叫你回去，你就得回去。"杨成方不敢再犟嘴，但他说，离麦子成熟还早着呢，到收麦时他再回去也不晚。宋家银说："你以为我让你回去收麦子呀，我是让村里人看看你，你还活着呢！你知道不知道，村里人一听说你让人家抓起来了，说什么的都有。有的说你至少得蹲十年大牢，有的人说要枪毙你。"杨成方眉头皱了一会儿，像是费力思索了一下，同意回去。

十二

跟宋家银估计到的情况差不多，杨成方被抓的消息在村里一传开，加上宋家银到北京去找丈夫，村里的确议论得沸沸扬扬。几乎一致的意见是，杨成方这一回是犯下大案了，不杀头也得坐监。不知是谁说的，宋家银这次上北京，里面的衣服上缝了好多口袋，把家里所有的钱都带上了，她去北京是花钱托人，想从监里扒回杨成方的一条命。人们都愿意相信这话，相信宋家银确实负有那样的使命。同时人们认为，宋家银平时抠唆得很，连一根汗毛都舍不得出，这一次不是出汗毛的事，恐怕要出血了。杨成方为宋家银挣了那么多的钱，宋家银别说为杨成方花钱了，她把杨成方撵得成天价不着家，恐怕连杨成方的身子都没给搂热过。这一回，宋家银该在杨成方身上花点钱了。由此，村里人还议论到当地人在城里拾破烂的事。他们说，光靠拾破烂，挣不到什么钱，发财更谈不上。说是拾破烂，主要靠偷。拾破烂的人夜里都不睡觉，白天瞄好哪里有建筑工地，工地哪个角放的有建筑材料和脚手架子，后半夜就潜过去，偷人家的东西。逮什么偷什么。他们还制有挑竿子，见人家阳台上晾的有衣物，就用挑竿子给人家挑下来。过春节时，见人家窗外的窗台上放的有鸡鸭鱼肉，也给人家挑下来。他们偷红了眼，白天也敢偷，连人家正做饭的铝锅都不放过。因偷铝锅的细节比较生动，在村里传得最为广泛。说是他们拾破烂路过一家人家门口，拿眼往门里一瞥，见煤火炉上坐着一口铝锅，锅里正煮着面条。须知铝锅是可以当废品卖钱的。趁锅前无人，他们以最快的速度，拐进屋里，拎起铝锅，把里面的面条倒掉，把铝锅放在地上踩巴踩巴，踩扁，放在垃圾袋子里，走人。他们走出好远，还听见那家煮面条的人满屋子找锅呢。

　　宋家银和杨成方，是以衣锦还乡的面貌在村头出现的。脸上的表情，是树上的鸟儿成双对，夫妻双双把家还的表情。宋家银花了几十块钱，给杨成方买了一身化纤布的灰西装，还给杨成方买了一根红领带。杨成方从未穿过西装，更没系过领带，他因祸得福，鸟枪换炮了。可杨成方不愿穿西装，系领带。宋家银把他身上的烂脏衣服扯巴下来，就把西装给他套上了。宋家银说："你以为我打扮你呢，你哪一点值得打扮！我是为着两个孩子，借一下你的身子用用。"系领带时，宋家银把杨成方折腾得龇牙咧嘴，怎么系都不像那么回事。宋家银说："我看人家系领带，脖子里都系成一个大疙瘩，我怎么系不成大疙瘩呢！"杨成方说："我看别往脖子里系了，当裤腰带系算了！"宋家银说："放屁，系在裤腰上谁看得见！"杨成方吭吭哧哧，说："你干脆把我勒死吧。"宋家银毫不妥协，说："勒死你，你也得给我系上！"后来，还是杨二郎找到房东，请房东把领带系成一个套子，把套子给杨成方拿回来了。宋家银让杨成方把脑袋伸进套子里。上吊似地把活扣儿一拉，杨成方才算把领带系上了。为了和杨成方相配套，宋家银给自己也买了一件花格子上衣。

两口子赶到家时天还不黑，这很好。一路上，宋家银怕到家时天黑下来，那样，村里人就不能及时看到杨成方，她也没法开展宣传。她催着杨成方紧赶慢赶，到村头时总算拉住了太阳的一点尾巴。看见一个人，宋家银就笑着，朗声朗气地跟人家打招呼，让杨成方给人家敬烟，给人家点烟。人们看见装扮一新的杨成方，未免有些惊奇，未免多打量杨成方几眼。但他们把惊奇掩盖着，问宋家银和杨成方，这是从哪里回来。宋家银等的就是这种提问，她说："北京，我到北京去了几天。成方说北京多好多好，打电话非让我去看看。"问话的人对杨成方有些称赞，说成方行了，抖起来了。杨成方把脖子里拴的领带摸了摸，他觉得有些出不来气。问话的人对宋家银也有恭维，说："你也行呀，跟着成方，光落个享福了。"宋家银不否认她跟着杨成方享福，她说北京就是好，能到北京看看，这一辈子死了就不亏了。宋家银就这样一路走，一路重复宣传这一套话。她要让人们相信，杨成方没有被人抓过，她此次进京，也不是为了花钱从监里往外扒杨成方，她是应杨成方的热情邀请，到北京游览观光。也有人向宋家银提出疑问，不是听说……宋家银不等人家把话说完，就说那是造赖言，是杨成方怕她不去，才让杨二郎给她打电话，才编了瞎话。她当众转向指责杨成方，说："什么样的瞎话不能编呢，非要编那样的瞎话，不知道的，还真以为你犯了什么事呢！"杨成方无话可

到城里去　75

说。他能说什么呢？

去了一趟北京，宋家银对城市有了新的认识，那就是，城市是城里人的。你去城里打工，不管你受多少苦，出多大力，也不管你在城里干多少年，城市也不承认你，不接纳你。除非你当了官，调到城里去了，或者上了大学，分配到城里去了，在城里有了户口，有了工作，有了房子，再有了老婆孩子，你才真正算是一个城里人了。宋家银很明白，当城里人，她这一辈子是别想了。当工人家属，也不过是个虚名。现在工人多了，有没有这个虚名，已经不重要了。杨成方也指望不上。杨成方从县城，到省城，到北京城，现在又到了广州城，前前后后，他在城里混了二十多年。他混了个啥呢，到如今还不是一个拾破烂的。拾了半辈子破烂，杨成方自己差不多也快成了破烂，成了蝇子不舍蚊子不叮的破烂。总会有那么一天，城里人会以影响市容为理由，把杨成方清理走，像清理一团破烂一样。女儿杨金明初中毕业后，也到城里打工去了。女儿跟一帮小姑娘一起，去的是天津，是在天津一家不锈钢制勺厂给人家打磨勺子。对于女儿将来能不能成为城里人，宋家银觉得希望也不大。女儿文化水平不高，心眼子不多，长得也不出众，哪会轮到她当城里人。女儿每月的工资有限，吃吃住住，再买点衣服和洗头搽脸描眉毛的东西，所剩就不多了。宋家银对女儿说，她不要女儿的钱。但是有一条，以后女儿出嫁，她也不给女儿钱，女儿的嫁妆女儿自己买。说下这个话，她是要女儿学着攒钱，别花光吃光，到出嫁时还得吃家里的大锅饭。女儿在攒钱方面继承了她的传统，每隔一月俩月，女儿都会寄回一百二百块钱。女儿还知道顾家，春节回来时，女儿从天津捎回一大坨炼好的猪油。宋家银一看就乐了，说："你这个傻孩子，千里迢迢带这沉东西。如今芝麻榨的香油都吃不完，哪里吃得完这么多猪油！你在厂里造勺子，带回来几个小勺也好呀！"女儿也乐，让妈把猪油放进锅里，烧把火化化吧。宋家银把成坨子的猪油放进锅里化开，准备把猪油舀进一个罐子里。她用勺子在油锅里一搅，下面怎么哗啦哗啦响呢？兜底一捞，宋家银眼前一亮，捞上来的不是别的，正是不锈钢的小勺子。小勺子沉甸甸的，通体闪着比银子还要亮的银光，甚是精致，喜人。宋家银把小勺子捞出一把，又一把，一共捞出了十六把。勺子捞多了，宋家银喜过了，心上也有些沉。她想起杨成方被人抓走的事，对女儿说："以后别再拿厂里的勺子了，让人家检查出来就不好了。"

宋家银只有把全部希望寄托在儿子杨金光身上了。儿子的学习成绩还可以，第一次参加高考，只差二十来分够不到大学的录取分数线。宋家银让儿子回学校复习一年，来年再考。她有她的算法，通过复习，就算每个月补上两分，一年下来，二十多分就补上了。儿子不想再复习了，就是再复习一年，他也不能保证自己一定能考得上。儿子说，他要出去打工。为了教育儿子，宋家银哭了，哭得一把鼻涕一把泪，很伤心的样子。她数落儿子没志气，没出息。"打工，打工，你到城里打工打一百圈子，也变不成城里人，到头来还得回农村。"她拿拉磨的驴作比方，说驴也成天价走，走的路也不算少，摘下驴罩眼一看，驴还是在磨道里。她对儿子说，现在没有别的路了，只有上大学这一条路。儿子只有上了大学，才能转户口，当干部，真正成为城里人。宋家银不知听谁说的，进城打工的人，不管挣多少钱，都不算有功名，只有拿到大学文凭，再评上职称，才是有功名的人，才称得上是公家人。宋家银说，她这一辈子没别的指望了，就指望儿子能考上大学，给她争一口气。就是砸锅卖铁，她也要供儿子上大学。胳膊拗不过大腿，杨金光只得回学校复读去了。

在村里，宋家银不承认儿子没考上大学，她对别人说，杨金光考上大学了，只是录取杨金光的学校不够有名，不太理想，杨金光想考一个更好一些的大学。"现在的孩子，真是没办法。"杨金光上学住校，只有星期六星期天才回家来。儿子一回家，宋家银就把儿子圈羊一样圈起来，不让儿子出门，让儿子在家集中精力复习功课。天热时，她不让儿子开电扇，说怕电扇的风吹着了儿子的作业本子，影响儿子写作业。电扇本身也有声音，一开动吱吱呀呀的，对学习也不好。儿子不听她的，她刚一离开，儿子就把电扇打开了。一听见她的脚步声，儿子就把电扇关上了。宋家银说儿子是跟她打游击，说："一点热都受不了，你能学习好吗！"儿子顶了她，说："什么学习学习，你还不是怕费电，怕多交电费。"宋家银说："怕交电费怎么了？我就是怕交电费！家里的一分钱来得都不容易。为给你交学费，你不知道你爸在外边受的那是啥罪。等你爸回来你问问他，在外边几十年了，他舍得吃过一根冰棍吗！你要是考不上大学，首先就对不起你爸爸！"杨金光把书本作业本一推，站起来出去了。宋家银问他去哪儿，他不说话。该吃晚饭了，儿子也不回家。宋家银这里找，那里找，原来儿子到老孙家看电视去了。她家只有一台很小的黑白电视机，是杨成方拾破烂从广州拾回来的。电视机的接收效果很不好，老是闪。

就是这样的电视机，宋家银也不让儿子多看。而老孙家的电视机是大块头的彩色的电视机，要好看得多。宋家银一见杨金光在老孙家看电视，电视上都是一些乱蹦乱跳的女人，她呼地一下子就生了一肚子的气。这些气不知在哪里藏着，说生就生出来了。好比单裤子湿了水，把裤腿扎上，用裤腰凭空一兜，就装满了一裤裆两裤腿的空气。宋家银不能不生气，一方面，儿子看电视耽误学习。另一方面，老孙家有彩电，她家没彩电，儿子到老孙家看彩电，也显得儿子太没志气。宋家银把满肚子的气按捺着，没有发作，没有吵儿子。在这里吵儿子，她怕老孙家的人看笑话。她装作温和地说："金光，吃饭了。"杨金光说："我看完这一点，你先回去吧。"又停了一会儿，宋家银说："这有啥看头，走吧金光，回去吃饭。"杨金光的口气又生硬，又不耐烦，说："我现在不饿，不想吃。"宋家银几乎忍不住了，好像装了一裤子的气，几乎要把裤子撑破。但她在肚子里咬了咬牙，还是忍住了，她说："那我先回去了。"

当晚，宋家银和儿子都没吃饭。宋家银又哭了。儿子大了，她打不动儿子了。对儿子骂多了也不好，她的办法只有哭。她说："你要是不好好学习，别说对不起你爸爸，连你妹妹都对不起。"杨金光回学校复习一年，需要向学校交两千块钱的复读费。宋家银拿不出那么多钱，就把女儿杨金明寄回的钱拿出来添上了。她跟女儿说的是不动女儿的钱，把女儿寄回的钱都攒下来，以后给女儿置办嫁妆。手里一急，她只好把女儿的钱拿出来救急。杨金光大概没想到，他一个当哥哥的，花的竟是妹妹外出打工挣的钱。他的眼睛湿了，看样子像是受了触动。

到城里去

有人给杨金光介绍对象,女方是杨金光初中时的同学。据说是女同学看上杨金光了,托人从中牵线。宋家银一口把人家回绝了。她对媒人说,杨金光不准备在农村找对象,杨金光上了大学,在城里工作以后,要在城里找对象,在城里安家。宋家银设计得很远,她说等她有了孙子,孙子自然就是城里人了。宋家银这样做是破釜沉舟的意思,等于把儿子的退路给堵死了,儿子只能前进,不能后退。

杨金光复读完了,却没有参加高考。高考前夜,他离校走了。临走前,他留给同学一封信,托同学把信寄给他妈妈宋家银。儿子说,他考虑再三,决定不参加高考了。万一今年再考不上,妈妈会受不了的。他决定还是出去打工,不混出个人样儿就不回家。他要妈妈不要找他,也不要挂念他。找他,也找不着。到该回去的时候,他一定会回去的。

宋家银把儿子的信收好,果然没张罗着去寻找儿子。有人劝她赶快到报社,到电视台,去登寻人启事,去发广告,她都没去。她不想让别人知道儿子的事,也不想花那个钱。她相信儿子能混好。

2002年10月26日至11月23日于北京小黄庄

摸　刀

刘庆邦

县里开来两辆警车，由乡派出所的一辆警车在前面作接引，三辆警车沿乡间的土路向普安庄开去。警车没有闪灯，没有鸣笛，车速也不是很快，有些马衔环、人衔枚、悄悄进去、直取目标的意思。车队来到普安庄东北角的一个水塘边，停下了。从中间那辆大屁股的警车上，率先跳下四个警察，小跑着分别到达水塘四面的有利位置，迅速将水塘警戒起来。他们戴着钢盔，端着枪，腰里扎着宽皮带，足蹬特制的警靴，都是全副武装。他们一占领制胜点，就背对水塘，面向四野，目光作虎视状，不许无关人员接近水塘。一时间，水塘像是变成了运钞车，里面装满了钞票，他们必须保证"运钞车"的安全。又像是，水塘马上要用作法场，有死刑犯须在这里正法。为防止有人打劫"法场"，他们必须百倍提高警惕。

有一个小孩子在水塘边钓鱼。突然来了这么多警察和警车,小孩子不知发生了什么事情,吓得小脸儿发白,钓鱼没法儿钓了。他又不敢走,竹子做的钓鱼竿也不敢提起来,就那么在水边蹲着。

普安庄的村长,从大屁股警车的屁股门子那里下来了,手里拿着一颗点燃的香烟。村长把水塘观察了一下,叫着小孩子的名字说:别钓了,回家去吧!

小孩子身边还放着一只小铁桶,显然是准备盛鱼用的。听村长说让他走,他收起鱼竿就上了岸,忘了提小铁桶。

村长说:又没人咋着你,你慌什么!把你的小铁桶儿提上。

小孩子拿着钓鱼竿,提着小铁桶,一边往庄里走,一边禁不住回头看持枪的警察。村长又把小孩子喊住了,告诫说:回去不要乱说。要是有人问你,你就说什么都没看见。记住了?小孩子点点头。

接着,普同庆从车上下来了,普同生也下来了。普同生是被两个警察从车上押下来的,他剃着光头,身穿灰色囚服,双手戴着手铐,双脚锁着脚镣。他的脚落地时,脚镣上的铁链子响了一下。普同庆一下车,就活动自己的脚,活动了左脚,活动右脚。今天他有重要任务,在执行任务前,似乎先热一下身。同时,通过踢腾自己的脚,表明他和杀人犯普同生不一样,他是好人,他是自由的。

一个从后面小轿车上下来的警官模样的人物问普同生:刀子是不是就扔在这个水塘里了?普同生说是。警官说:你回忆一下,最好能指定具体方位,方位范围越小越好。普同生把手抬起来了，往水塘里面指。因他的双手是铐在一起的，一只手往哪里指，别一只手也得随过去。他手梢发抖，指得有些乱，一会儿远，一会儿近；一会儿东，一会儿西。警官说：你要老老实实，不要乱指。普同生说：那天天黑，月黑头加阴天，我也记不清了。警官问：当时水面没有结冰吗？普同生答：没有。警官问：你敢肯定？普同生说，刀子落水时响了一下，这一点他记得比较清。

那么，摸刀子的行动就可以开始了。村长对普同庆说：脱掉裤子，下水吧。早点儿把刀子摸出来，早点儿完成任务。

普同庆两只脚交替着，踩掉了鞋，用手揪掉了袜子，光脚贴到了凉地上。他的手摸到了裤腰带，没有马上解开，说：我日他姐，天气可是有点儿冷呀！时令到了秋后，再过几天就要立冬。水塘南边有几棵杨树，杨树的叶子落得所剩无几。水塘北边有一些野生的芦苇，芦苇的花穗已经锈结，发灰，像一团团被人丢弃的破棉絮。天是阴天，麦苗地里浮着一层雾气。

村长也承认天气有点儿冷，他说：天气要是不冷，还不找你呢！他问普同庆要不要先喝两口酒。村长背有一只挎包，挎包里备有一瓶高度数的烧酒。他把烧酒掏出来了，欲把瓶盖拧开。普同庆说：我不喝，我喝了头晕，啥事都干不成。村长说：那就等一会儿再喝吧！

普同庆脱得只剩下一件裤衩时，村长说：都脱掉，穿裤衩干啥呢，这儿又没有女人看你。普同庆说：我不是怕女人，我是怕你看我，是怕你咬我。村长说：去蛋吧，我又不是没吃过狗肉。说着，他俩都笑了。警察和普同生也笑了一下。气氛总算缓和一些。

几乎接近冰点的塘水,把普同庆冰得吸着肚子,架着胳膊,一下水就打了一个寒噤。塘水有些污浊,发黑,看不见塘底。塘水不算很深,只到他裤裆那里。他走得很小心,好像每移动一点都有些迟疑。他不是来摸鱼,是来摸刀子。刀子又是杀过人的刀子,一定很锋利。如果他不小心,踩到刀刃就不好了。村长让他就在那里摸吧,挨着往里摸。普同庆伸长胳膊,把身子缩进水里,水淹到下巴那里,双手才能摸到塘底。塘底有不少落叶、杂草和烂脏的淤泥,他的脚踩到哪里,手摸到哪里,哪里就咕咕嘟嘟冒出一串泡儿来。那些水泡儿不是发白,而是发黄。每个水泡儿都圆圆的,里面包着一包臭气。水泡儿不能持久,一到水面就破碎了,或者说炸开了。水泡儿接连炸开的地方,正在普同庆嘴边和鼻子底下,他觉得难闻极了,简直让人窒息。他没闻过毒气弹,他想毒气弹的味道也不过如此。

水塘这地方原来并不是水塘,而是一块很肥沃的土地。这块地里种的庄稼每年都长得不错,种高粱,一片红;种棉花,一漫白;种小麦,一地金。后来,支书的儿子承包了这块土地,在地里建起了窑场,挖土烧砖。地被挖成了大坑,夏天暴雨一来,大坑便成了水塘。水塘也不错,支书的儿子不烧砖了,在水塘里养鱼。养鱼养了两年,支书一死,儿子失去了靠山,养的鱼还不够别人偷的,就不养了。水塘成了荒废的野塘子之后,收割机屙出的碎麦草,死人穿过的旧衣服,死猫烂狗,什么东西都有人往里扔,野水塘变成了一个垃圾坑。更有甚者,一个在城里打工挣了钱的人,回普安庄盖了一座三屋小楼,在地下埋了管子,直接把粪便冲进水塘里去了。这就不难想象，水塘里的内容多么丰富，水质有多么"干净"！在此之前，这块土地的变化是五段式：庄稼地、砖窑场、养鱼塘、垃圾坑、化粪池。有些事情说变化，也真够快的。比如说第一阶段的庄稼地吧，往少里说，长庄稼也长了两千年。可是，一捂眼，二捂眼，珍珠玛瑙变鸡蛋，只短短七八年时间，那块庄稼地就再也没有了。事情至此，还不算太可怕。可怕的是，普同生在塘边杀了人，竟把刀子扔进水塘里去了。如此一来，水塘就成了杀人凶手藏匿凶器的地方，水塘就与罪恶有了联系。昨天下午，村长把普同庆叫到乡里派出所，一提出让普同庆下水协助公安人员摸刀子，普同庆就不答应。村长许给普同庆五十块钱，普同庆摇头。村长把摸刀子的报酬加到一百，普同庆还是摇头。村长问普同庆：你出个价吧，你想要多少钱？普同庆说：给我多少钱我都不干，我不缺那几个钱。乡里派出所的所长也在场，所长和村长互相看了看。这小子，给他一个挣钱的机会，他竟不知好歹。村长说：村里别的年轻人都走光了，只有你一个年轻人在家，你不干谁干！普同庆说：你也不算老呀！村长说：我是不算老。你又不是不知道，我的胆有毛病，我得过胆囊炎。普同庆说：好赖你还有个胆，我连胆都没有。村长说：废话，你的胆呢？难道让狗掏吃了！所长摆摆手，要他们不要吵了。所长给普同庆戴了个高帽儿，说普同庆不在乎报酬多少，说明普同庆的思想境界挺高的。像普同庆思想境界这样高的人现在不多见了。所长又对普同庆说：咱们是合作关系。案子出在你们村，由你们帮忙，案子就会结得快一些。再说了，塘里水深水浅，你们毕竟熟悉一些，知道往哪里摸。县里的领导，到咱们这里来办事，总不能让领导脱衣脱帽的下去摸吧！到底是所长，戴的帽子是圆的，话也比村长说得圆。看了所长的面子，普同庆才把下水摸刀的事应承下来。

刀子，是刀子！普同庆把刀子摸到了。他先摸到了刀把儿，刀把儿碰了他的手。刚一接触，他不认为是刀把儿，没想到摸到刀子这样快，他还以为是半块红薯呢！有小孩子拿一块生红薯啃，啃着啃着不想啃了，随手扔进了水里。这种情况是有的。他顺着生红薯样的刀把儿一摸，就把刀面、刀尖和刀刃摸到了。刀子不太长，大约一　长，比杀猪刀的长度差远了。刀子也不太宽，只有一二指宽，像是那种削苹果皮用的水果刀。但是，普同庆敢肯定，这就是普同生扔进水塘里的那把刀子，普同生就是用这把刀子把他的堂哥普同辉扎死的。不然的话，人们舍不得把这么完整的刀子扔进臭水塘里。普同庆没有马上把刀子拿出水面，没有急着向公安人员和村长示功，也没有露出惊喜的表情，犹豫之间，他把刀子放回了原处。这么快就把刀子摸出来，是不是显得太快了一点。所长和村长在昨天下午向他交代完任务后，村长还一再安排他，摸刀的事不要向村里任何人透露消息，以免引起群众围观，局面不好控制。他想不明白，这种事让群众知道了怕什么，让群众到现场去看看，对大家也是一个教育嘛。村里有一个人，曾向村民许诺，如果他老婆生了儿子，他就花钱在村里连放六场电影。结果他老婆又生了一个闺女，他就把放电影的事取消了。盼着看电影，盼来一场空，村民们甚是失望。现在杀人犯普同生被人押回来了，怎么也得让村里人看看吧。普同生虽说比不上电影上的明星那么好看，但那些明星不过是映在一块白布上的电影子，而普同生却是活生生的真人。电影上的那些人，村里人都没见过。对普同生，村里人都认识。电影上的那些故事都是瞎编的，普同生杀人的故事，是白刀子进去，红刀子出来，一切都真真切切。他一把刀子交上去，这帮如临大敌的人就会收兵回营。村民们看不到这一幕，事后一定会埋怨他。普同庆还懂得，一个人杀了人，光有口供还不行，还必须有物证，才能把杀人的罪名坐定。那么刀子一摸出来，就等于把普同生的罪名证死了，普同生离吃枪子儿就不远了。杀人偿命，历朝历代都是如此，普同生不足惜。然而普同生被枪毙之前，还是让普同生的娘把普同生看一眼好一些。普同生的娘这一次若是看不见普同生，很可能没机会看了。对于一个当娘的来说，不管儿子犯了多大的罪，儿子也是她的儿子。何况，普同生犯罪时刚满十八，今年还不到十九，普同生还是一个孩子啊！普同庆把刀子放回原处时，把刀尖插进泥里，让刀把儿朝上。这样刀子竖立着，再摸就容易了。

普安庄的村民总算得到了消息，小孩儿、妇女、老头儿、老婆儿，纷纷奔水塘而来。有的妇女正在西坡放羊，她们来不及把羊赶回家，牵着羊就过来了。有的老婆儿瘫手瘫脚走不成路，让儿媳用三轮车带上她，也要过来看看。有一个游乡卖豆腐的老头儿，连豆腐也忘了卖，随着人群向水塘那边拥去。这种几近倾庄出动的样子，很像十月十五到镇上赶庙会，听大戏。跑在前面的是一些四条腿的狗，它们的嗅觉总是很灵敏，预感能力也比较强。狗们看到人们突然变得紧张而兴奋，预感到会有一场热闹好看，它们比人们还要紧张，还要兴奋。往庄子东北角的水塘跑时，大狗小狗都汪汪叫着，仿佛在提前制造舆论。有一只母狗在走狗子（发情），有好几只公狗追在母狗屁股后面，争相与母狗交配。现在乡下的狗不像过去，过去只有品种单一的柴狗。如今外国的和城市的狗种都进来了，狗的品种五花八门，狼豺虎豹都有。那帮公狗大概都认为自己才是精英，都是舍我其谁的劲头，你咬我，我咬你，杀得昏天黑地，难解难分。然而这会儿见各自的主人向水塘方向赶去，它们像是意识到了自己对主人应负的责任，便以大局为重，暂时放弃了对异性的追求。

村长拦在狗们和人们前头，说：谁叫你们来的，都往后站，往后站，不许影响公安人员执行公务！谁敢捣乱就把谁抓起来！

警察没有在水塘周边扯防线，但人们看见端枪的警察，像是看见了一道无形的防线，都不敢越过警察。他们相信，警察手里端的是真家伙，不是假家伙，枪响见窟窿，这可不是闹着玩儿的。狗们大概也晓得枪的厉害，都缄了口。人们认出了夹在两个警察中间的普同生。别看普同生剃去了头发，低着头，塌着眼，但村民们还是一眼就认出了他。别的人，谁能戴着手铐脚镣呢！接着，村民们在水塘里发现了普同庆，普同庆只露出一个头，他的头在水面缓缓移动。有的人知道了，普同庆在水里摸刀子。也有人不知道，这么冷的水，普同庆在水里干什么呢？普同庆的嘴张开着，嘴唇已冻成了紫茄子。人们由普同庆的头联想到普同辉的头，不由地有些惊怵。去年大年三十那天早上，有人在水塘一侧的麦地边看见了普同辉的尸体。普同辉死得很惨，前胸后背都捅有血窟窿。特别是后背。普同辉穿的一件羽绒服被撩了起来，露出里面一件薄薄的白线衣。凶手隔着白线衣在普同辉背上狂捅。不知凶手在普同辉背上捅了多少刀，反正把整个背捅成了筛子底。白线衣烂得像渔网一样，凝固的血把白线衣染成了黑线衣。垂死的普同辉，大概还想往家里赶，好和家里人一块儿过年。他的双臂张开着，两条腿一前一后，做的是爬行的姿势。他的眼睛瞪着，嘴张着，像是对村庄方向呼喊着什么。当时外出打工的人差不多都回来了，全普安庄一千多口子人几乎都目睹了普同辉的惨状。他们对凶手的凶残都表示了愤恨，说要是抓到凶手，千刀万剐都不亏。他们认为，杀害普同辉，是埋伏在水塘边的外路劫匪干的。谁都没有想到，夺取普同辉性命的，竟是普同辉的堂弟普同生。

普同庆没有白等，心思没有白费，村里人总算得到了消息，赶了过来。如同演员在台上演戏，如果台下没有观众，演员演给谁看呢，有什么意思呢！现在好了，普同庆好像一个演员盼来了观众，在秋水里泡一泡，起一身鸡皮疙瘩，也值了。普同庆从水里长起来了，抬手向岸边扔了一样东西。人们不约而同惊呼一声，一齐伸长脖子向那样东西瞅去。人们以为扔上来的是刀子，定睛一看，不是刀子，是一片碗碴子。碗碴子的白釉部分虽然也很锋利，也能割断人的筋管子，但碗碴子毕竟不是刀子，用碗碴子杀人就差点劲。普同庆又把身子缩进水里去了，继续摸。摸了一会儿，他又往岸边扔了一样东西。这次他抛得比较高，扔得比较远，那样东西白光一闪，划过一条弧线，落在普同生脚前。这回应该是刀子了吧，人们一看，还不是，是一条小鲫鱼。小鲫鱼落地时还活着，尾巴一拍一拍，蹦了几个高。看到小鲫鱼蹦高，普同生像是有些害怕，往后退了两步。他每退一步，连接脚镣的黑铁链子就响一下。

村长不干了，对普同庆说：普同庆，你干什么？这些东西不要往上边扔!

普同庆说：不行了，我冻得受不了啦!说着，他身上哆嗦起来，上牙和下牙也有些磕。

所长让普同庆先上来吧，喝几口酒，暖暖身子再说。

没见普同生的娘过来，普同庆水啦啦地到岸上来了。所长从车上拿下一件军棉大衣，给普同庆披在身上。村长把酒瓶子的盖子拧开了，递给普同庆，让普同庆喝。现在喝酒似乎成了一种时髦，外出打工的人都会喝几口。普同庆不愿出去打工。哥哥外出打工，瞎了一只眼。弟弟外出打工，淹死在煤窑里。他在家里种地，同样不缺吃，不缺穿，何必非要出去打工呢！因为他不出去打工，人际交往很少，所以不会喝酒。他不是没喝过酒，过年时也喝过。但他从来不觉得酒有什么好喝，还不如红薯稀饭喝起来顺口。这次他哆嗦得收不住，没有拒绝喝酒。他对着瓶嘴把酒喝了一口，说：我日他姐，怪辣呀，跟辣椒水子一样。村长说：那是的，白酒都辣，不辣还不暖和呢！普同庆知道村长爱喝酒，三天不喝酒，尿都尿不远。把酒喝多了呢，就尿在自己裤裆里。他见村长的眼睛亮得收不住，对村长：你也喝几口吧。村长说：这酒是派出所专门给你预备的，我不喝。普同庆说：这么多，我一个人也喝不完呀。村长说：好，我尝尝。村长喝了几口，说这酒不错。村长把瓶子还给普同庆，让普同庆接着喝，喝深点儿，下一半吧！普同庆说：开玩笑！他的嘴唇张开了，牙和舌头还把着门，又勉强喝了两小口。见普同生在看他，他问普同生：你还认识我吗？普同生说认识。那，我是谁？你是同庆哥。你不要叫我哥，你这人太狠了！杀了普同辉，你后悔吗？普同生没说后悔不后悔，又低下了眉。

那些公狗和母狗在摸刀现场看了一会儿，没见有什么热闹事出现，觉得一切不过如此。它们悄悄抽身，又追逐那只走狗子的母狗去了。追着追着，几只公狗合起伙儿来，向其中一只公狗发起攻击。这次它们不像闹着玩儿，是真撕真咬。它们把那只公狗撕烂了皮，咬断了腿，咬得鲜血淋漓，使其彻底丧失了交配能力。让人不解的是，那只母狗也回过身来，帮着合伙儿的公狗咬那只垂死的公狗。

一个妇女，举着一根棍子，高声叫骂着到水塘边来了。这是普同辉的娘。普同辉死后，普同辉的爹到城里打工去了，只有普同辉的娘在家里留守。她才四十多岁，满头的头发已经白了。她走得有些急，加上愤怒，她的白发有些飞扬，像成熟的芦花一样。她骂的是普同生。她骂普同生没有良心，是个狠心贼。你大哥对你那么好，你为啥要扎死他？你年纪轻轻的，就下那样的毒手，你是个活土匪吗！你不是人将的，是狗将的，是狼将的。我跟你拼命，我打死你！打死你我也不活了！

村长迎过去，对围观的妇女说：快把大婶子拉住，别让她胡来！

两三个妇女把大婶子拉住了，村长也伸手夺住了大婶子手中的棍子，村长说：大婶子，大婶子，你不要激动，你要相信政府。你看县里来了这么多领导，他们就是来找证据的。等把证据捞上来，政府一定会公正处理。

大婶子不能接近普同生，哭着倒在地上了。她哭着说：我儿死得可怜哪，我儿死得冤哪，青天在上，你们一定要替我儿申冤哪！

普同生被抓到之后，断断续续有一些消息传回普安庄来。人们把消息连贯起来，普同生的作案过程基本上就清楚了。据说，那些消息多是出自普同生的交代。普同辉和普同生是一个爷的堂兄弟，堂兄比堂弟大两岁。两个人都在广东打工。眼看到了年底，打工的人准备好了大包小包，要回家过年。普同生找到普同辉，说他不想回家过年了。普同辉问为什么。普同生说他没有钱，他挣的钱被小偷儿偷走了。实际上，是一个暗娼，以便宜按摩的名义，把他骗到一个出租房内，而后冲进去几个打手，把他的钱抢走了。普同辉劝普同生，还是回家过年好一些，别管有钱没钱，只要回家过年了，就算一年平安。至于普同生没钱买车票，普同辉答应，买票的钱他替普同生出，而且以后也不用普同生还了，谁让他是当哥的呢！他们买的是硬座车票，在挨挨挤挤的车厢里坐了一夜，又坐了半天。一路上，普同生都是把普同辉叫哥，睡着了他把头靠在哥的肩膀上。普同辉也很瞌睡，但他坚持不睡。他要看着他的行李，以免被别人提走。还有，如果他睡得直不住肩膀，堂弟普同生就失去了靠头。以致坐在对面的一个旅客对普同辉说：你对你弟弟够好的。他们在火车上没舍得吃饭。火车上的盒饭太贵，在火车上买一盒饭花的钱，够在小饭馆里吃两三顿饭的。普同辉还知道，如今在火车上卖盒饭的人不一定是铁路职工，有的是社会上的小商小贩把在火车上卖盒饭的生意承包了。他们普安庄就有一个在火车上卖盒饭的人。盒饭里的菜说是猪肉，其实里面死猫烂狗，谁都说不清是什么肉。他们下了火车，又坐长途汽车，赶到县城，才在小饭馆吃了顿面条。吃饭的钱当然也是普同辉出。冬日天短，吃过饭天已黑下来了。县城离他们乡的乡政府所在镇还有五十多里,他们搭上最后一班车往镇上赶。这天是腊月二十九,明天就是大年除夕,他们要在除夕之前赶回家。在镇上下了汽车,他们摸着黑路往普安庄走。走到水塘那里,普同生便掏出了刀子,对普同辉下了毒手。普同生与普同辉家一无冤二无仇,普同生说出的杀害普同辉的原因很简单,实在不能让人信服。普同生说,跟普同辉一块儿回家,普同辉有钱,他没钱,他觉得很没脸,回家不如不回家。返回打工的城市吧,他身上又没钱,于是就把普同辉杀了。

普同辉的娘没能打到普同生,对着这位满头白发的大娘,普同生突然跪下了,给大娘连磕了三个头。别人磕头,都是象征性的,一般点到为止。普同生磕头是真磕,他的额头磕在生硬的路面上,磕得咚咚的,好像还有一点劈声。站在旁边的两个警察赶紧捉住他,像拎小鸡一样把他拎了起来。警察要是不制止他,他也许会一直磕下去,直到把脑袋磕漏为止。普同生的这一举动,有些出乎人们的意料。人在临死之前,对一些事情的看法才会稍稍正确一点。很显然,普同生是知罪了,也后悔了。

普同庆往村庄的方向望了望,仍不见普同生的娘过来。因普同生犯了罪,好像普同生的娘也犯了罪,村里人都不愿搭理她。难道普同生回来的消息,村里人都对她封锁了?普同庆看不见普同生的娘,因为普同生的娘在一个墙角后面站着,用墙角把自己挡住了。她想看自己的儿子一眼,又不敢到水塘那边去看。她怕村里人骂她,说那样歹毒的儿子,有什么可看的。算了,不看也是死,看了也是死,权当没生他,没养他。可是,脚下像被什么东西吸着一样,她又舍不得回家,就那么伸

摸 刀 93

头望一眼，再把头缩回来。她望不见儿子，儿子被围观的人挡住了。望不见，她也要望。

村长问普同庆：怎么样，暖和一点儿没有？奇怪，普同庆喝了酒，并没有觉得暖和。相反，他拿着凉玻璃瓶子，喝了几口凉酒，不但没觉得暖和，哆嗦得更厉害了。他使劲攥攥拳头，紧紧身上的肉，哆嗦得轻一些。他一松开拳头，哆嗦又反弹回来。他明白，村长问他的意思，是催他再下水摸刀。他说：比刚才好点儿。他仰头看了看天，天仍然阴得很重，太阳不知走到了哪里，没有一点出来的迹象。他不打算再拖，把刀子摸出来拉倒。

再次下水，他没有从刚才下水的地方下，换了一个新地方。他准备迂回一下，迂回到刚才插刀子的地方，把刀子摸出来。他趟着，摸着，摸到了一个水泥坨子。这里谁家扒了房子，渣土也往水塘里倒，水里有水泥坨子是正常现象。可是，水泥坨子上为啥还拴一根绳子呢？他顺着绳子摸了摸，摸到了一包东西，像是衣服。他站起来对村长说：一块水泥坨子，上面拴着一根绳子，绳子上拴的还有东西。村长小声跟警官说了两句，警官说：把东西拉出来看看。普同庆解绳子，解不开，就把水泥坨子抱了起来。水有浮力，在水中抱水泥坨子时，不沉。当普同庆把水泥坨子抱起来时，因为绳子连带着，另一样东西也浮出水面。不好，是一具尸体。尸体已经腐烂，鼻子不是鼻子，眼睛不是眼睛。眼睛是两个洞，鼻子也是两个洞。但尸体的头发没有烂掉，头发很长，在水面漂成一片。死者显然是个女性。普同庆吓坏了，他叫了一声尸体，扔下水泥坨子，连扒带爬，从水中逃了出来。

围观的人群一阵躁动,互相小声传递消息:尸体,尸体,女人尸体!那些负责警戒的持枪警察也禁不住回头向水塘里望。

一件案子未结,又一件案子出来了,看来要继续警戒。县里来的警官和乡里的派出所所长紧急商量了几句,决定调水泵来,把水塘里的水抽干,看看这个水塘里到底有多少秘密。

2007年12月1日至12月8日于北京

西风芦花

刘庆邦

母亲活着时,他常常梦见母亲死了,以致痛哭失声,把自己哭醒。母亲死了,他却老是梦见母亲还活着,母亲头顶一块黑毛巾,还是忙里忙外的样子。梦见母亲活着时,他没有惊喜,好像一切都很平常。只是醒来后,意识到母亲已经远去,他的眼角在黑暗中湿了一阵,再也不能入睡。

现在他能做的,就是春秋两季回到老家给母亲烧纸。春季一次,是清明节之前;秋季一次,是农历十月初一之后。也就是人们所说的早清明晚十月一。烧纸起什么作用呢?他到母亲坟前烧纸,是给母亲送钱。据说纸在阳间是纸,一经点燃,就算送到了阴间,就变成了可以买东西的钱。母亲在世时,逢年过节,他都要通过邮局给母亲寄些钱。母亲下世了,他只能通过这种传统的办法给母亲送钱。无论如何,他不能让母亲缺钱花。其实在母亲生前，他给母亲寄的钱，母亲并不舍得花。大部分钱，母亲托人存进储蓄所，只把一小部分钱卷成一卷儿，塞进一只袜筒子里，放在身边。母亲弥留之际对他说过一句话，让他一想起来就痛心不已，至死都不会忘记。母亲说：你别把钱都拿走，给我留一点儿。一个大活人，手里没有一点儿钱哪行呢！他理解，母亲这样说至少有三层意思：一是表明母亲不知自己死之将至，还要一如既往地活下去；二是表明母亲对生的留恋；三是母亲认为，钱是很重要的，人离开钱是不行的。母亲这话是在昏迷状态下说的，却说得异常清晰。母亲大概以为他像往年一样回家探亲，回来还会走，走了还要回。而不论他什么时候回家，母亲都会在家里等他。他立即含着眼泪答应母亲：好，好，我都记住了，您放心吧！

　　他不是一个信神信鬼的人。他心里明白，他给母亲送钱是假的，是一种虚构的行为。把用麦草做成的绵纸烧得再多，也不会变成钱。长眠地下的母亲，再也花不着钱了。但他不是欺骗母亲，主要是欺骗自己。在这个事情上，欺骗一下自己是必要的。不欺骗自己心里不好受，欺骗一下自己才好受些。他也很清楚，死人是相对活人而言的，死人是为活人而死，没有活人，哪里有什么死人呢！所以，活着的人活着本身，就为死人的存在担着一份证明的责任。

　　老家是和母亲连在一起的，母亲去世后，不仅老家的房子空下来了，好像连老家也没有了。这年秋天，他回去到坟地里为母亲烧完纸后，在大姐的邀请下，随大姐到外村的大姐家去了。大姐也是一个不幸的人，大姐夫还不到六十岁就生病死了。大姐夫新死不久，大姐还陷在悲痛中没能出来。大姐跪在母亲坟前的地上向母亲哭诉：娘啊，你咋不管管我们家的闲事啊！这漫漫长夜，我啥时候才能熬到尽头啊！大姐哭得哀哀欲绝，痛彻心肺。他没有劝大姐别哭，大姐压抑的痛苦需要释放一下。一个出嫁的闺女，不到母亲的坟前去哭，她能到哪里哭呢！

大姐的女儿出嫁了，大姐的儿子在外地求学，一个四合院里只有大姐一个人在家里守着。大姐自己不喝酒，中午吃饭时，大姐却给他倒了酒。他这人是有毛病的，他的毛病是泪水子多，泪窝子浅。不喝酒还好些，一喝酒毛病就犯了，酒到高处，情到深处，泪到浅处。几盅酒喝下去，他对大姐说：娘不在了，还有大姐呢！话一出口，他就哽咽得不成样子，眼泪也流了下来。他痛恨自己泪窝子太浅，盛不住眼泪，但到时候就是管不住自己。眼泪受情感支配，不受意志支配。他的意志再坚强，他的眼泪也不会随着他的意志而转移。

下午，他跟大姐说到地里走走。地里的秋庄稼几乎收完了，普遍种上了冬小麦。小麦刚刚冒芽儿，一根根细得像绣花针一样。"绣花针"牵引的丝线一定是嫩绿的，不然的话，田野里怎么到处都是嫩绿一片呢！田间土路两侧栽有一些高高的杨树，杨树的叶子还没有落尽。叶子是明黄色，跟夏季里的丝瓜花的颜色差不多。一阵风吹来，叶子又落下好几片。下落的叶子随风飘摇，最后落到麦子地里去了。由绿丝毯一样的麦地托底，杨树叶子光彩烁烁，格外显眼，真像盛开的花朵一样呢！麦地北边的尽头，是一道高高拱起的河堤。河堤下面有一个静静的水塘，水塘周围的水边生有不少芦苇。芦穗还没有完全成熟，被风梳理得向一侧流垂着。芦穗是麻灰色，像斑鸠的翅膀。现在的样子像单翅,一旦芦穗成熟,就如同变成了双翅,就会乘风而去。

一个老头,在麦地一角布网,准备捉斑鸠。耩麦时会撒落一些麦粒,那些麦粒没有埋进土里,没有发芽儿。成群的斑鸠到地里捡麦粒吃,正是捕捉斑鸠的好时机。老头布置好罗网,就弯腰爬上河堤,俯身在河堤内侧隐蔽起来。他也攀上河堤,走近老头,给老头递了一根烟。老头点上烟,示意他也隐蔽起来。他看见老头的眼睛很亮,亮得像孩子的眼睛一样。他问老头:能捉到老斑鸠吗?老头的眼睛往布网的方向看着,说能捉到。他说:老斑鸠的叫声挺好听的。言外之意,他并不赞成老头捉斑鸠。老头说:不好听,老斑鸠的叫声发闷,嗓子放不开。要说好听,鹌鹑的叫声比老斑鸠强多了。老头跟他说话时,眼睛并不看他,一直朝麦地里望着。老头专注的神情也像是一个孩子。老头又说:老斑鸠繁殖得太多了,光糟蹋粮食。二人正说着话,几只斑鸠不知从什么地方飞了过来,翩然落在麦地里。老头兴奋得眼睛放光,说来啦来啦。又等了一会儿,重新起飞的斑鸠果然有两只投进网里去了,它们一投进网里,翅膀就被网住了,再挣扎也无济于事。

从地里回来,他看见一个年轻妇女在打一个男孩子。妇女一手抓着男孩子的胳膊,一手用玉米秆子抽男孩子的屁股,一边抽,一边教训道:我叫你逃学,我叫你不争气,我打死你,打死你!男孩子哭着辩解,说他没有逃学,是老师不让他进教室。妇女说:他不让你进教室,你就不进了,教室是国家的,又不是他自家的,他凭啥不让你进!我看还是你自己不爱学习。说着又抽了男孩子好几下。他放慢脚步听了听,没听明白

西风芦花   99

老师为何不让男孩子进教室，也没听明白这个妇女为什么打孩子。他自己不打孩子，也不愿看见别人打孩子。他有心上前，劝妇女别打孩子了，怕妇女嫌他多管闲事，还是走开了。

回到大姐家，他把看到一个妇女打孩子的事对大姐讲了，妇女家住得离大姐家不远，对于那个妇女家的情况，大姐是知道的。大姐说，学校让男孩子交三十九块钱的订报费，男孩子的娘嫌多，拖着不给男孩子钱。班里别的同学都交了，男孩子不交，班主任就让男孩子回家取钱，取不到钱就别回教室听课。男孩子知道跟娘要钱要不到，又不敢进教室面对老师，只好在学校外面瞎转悠。他娘知道了，就打孩子，说孩子逃学。弄清原委后，他说这样不好，男孩子两头为难，会对男孩子的心理造成伤害。他问：现在全国的中小学学费不是都免了吗，学校怎么还向小学生收钱？大姐说：你不知道，现在学费是不收了，别的费还不少。除了订报费，还有打防疫针费、绿化费、复习资料费、考试卷子费，这费那费，哪一样费用都得几十块钱，一个学期没有几百块钱下不来。学校要搞创收，创收的钱从哪里来，还不是得分到学生头上去！大姐问他：你知道那个年轻妇女是谁吗？他摇头，说不知道。大姐说：我一说你就知道了，她娘家是小董庄的，大名叫董守芳。他像是想了一下，说：董守芳，是董守明的妹妹吧？大姐说：哎，一点儿也不错，董守芳就是董守明的妹妹，董守芳嫁到这村儿来了。他说：我没看出来，董守芳长得跟她姐好像一点儿都不像。大姐说：是的，董守芳没有她姐董守明长得好看，个头儿也没有她姐高。他问董守芳家的日子过得怎样。大姐说：董守芳很会过，一双袜子能穿好几年。董守芳家里不一定没有钱，只是她舍不得花，攒下来留着将来给她儿子盖房子呢！他认为董守芳没分清哪头轻哪头重，把事情弄颠倒了，盖房子有什么要紧，集中力量供孩子上学才是最重要的。

　　他不会忘记董守明。在老家当农民时，那年他十九岁，有人给他介绍了一个对象，就是董守明。他和董守明见了面，说了话，双方都没什么意见，亲事就算定了下来。按照他们这里的规矩，亲事确定之后，男方要给女方送一些彩礼，而女方要给男方做一双鞋。空口无凭，通过互换礼品，仿佛交换了信物，二人各执信物为凭，这桩亲事才算真正确定。一个偶然的机会，他到城里工作去了，成了吃商品粮的工人。他的工作和生活环境起了变化，思想也随之起了变化，也就是人们常说的变了心。他觉得董守明识字太少，与他形不成交流，不是他理想中的妻子。一年之后，第一次回家探亲，他就向董守明退了亲。他采用的退亲方式，是把董守明精心制作的那双布鞋还给了董守明。那双鞋他试过，却没有正式穿过。他把鞋带到了城里，又从城里带了回去。以退鞋的方式退亲，他曾自以为得计。他把鞋退给董守明，不必多说什么，董守明就会明白他的意思。果然，他把那双没有沾土的鞋退给董守明时，董守明接过鞋，只低了一会儿头，什么话都没说，便转身走了。他向董守明表示感谢，董守明都没有停下来，也没有回头。后来想想，他所构思的退亲方式也有不合适的地方。那双鞋是董守明根据他的鞋样子做的，只有他才能穿，董守明把鞋拿回去还有什么用呢？对鞋应该做怎样的处理呢？是扔还是存呢？不管是扔还是存，对董守明来说恐怕是一个两难的选择。

　　他设想了一下，如果当初他和董守明结了婚，他就是董守

西风芦花　101

芳的姐夫，董守芳就理所当然地成了他的小姨子。那样的话，他和董守芳的关系就是一种亲戚关系，也是责任关系。有了责任关系，他到大姐家走亲戚时，就得顺便到董守芳家看看。看到董守芳为交订报费的事打孩子，他就不能不管。他记得清清楚楚，临到城里参加工作的前夕，他和董守明在桥头有过一次约会。那是一个夏夜，天很黑，庄稼很深，遍地都是虫鸣。就是那次见面，董守明把那双鞋亲手交给了他。也是在那次交谈中，董守明对他说：以后我们家的人就指望你了。董守明说的"我们家的人"当然也包括董守明的弟弟和妹妹。结果，他辜负了董守明对他的指望。三十多年过去了，他再也没有见过董守明，更谈不上帮董守明什么忙。

他拿出钱夹子，从里面抽出两百块钱，递给大姐说：您把这两百块钱给董守芳吧，让他赶快为儿子把订报费交上，别为那点钱耽误孩子上学。大姐能够理解他的心情，知道他对董守明心怀一份愧疚，通过帮董守明的妹妹一点忙，想把自己愧疚的心情稍稍缓解一下。但大姐说：两百块钱太多了，给她五十块钱就够了。他说：还是给她两百吧，五十块钱太少，我拿不出手。这次订报费用不完，让她把钱留着，孩子还需要交什么费的时候，就用剩下的钱交。大姐这才把钱接过，给董守芳送去了。

不一会儿，大姐回来了。大姐对他说：一开始，董守芳不好意思接受，说花你的钱，她心里很不是滋味。我对她说，这不是为她，是为了她的儿子好好上学，她才把钱收下了。他说大姐说得很对。

天快黑的时候，董守芳到大姐家来了。董守芳喊他大姐喊嫂子，董守芳站在院子门口喊：嫂子，嫂子！大姐答应着，从堂屋里出来打招呼：董守芳来啦！董守芳说：我也没啥可拿的，今年种了一小片儿红薯，我刚才下地刨了几棵，给那个哥送来一点儿，也不知道那个哥喜欢吃不喜欢吃。大姐替他回答：喜欢吃，现在红薯可是稀罕东西。你看你，来就来了，还带东西干什么！大姐冲堂屋向他知会：董守芳看你来了，给你拿的红薯。说着把董守芳引导到堂屋里去。他从椅子上起身站起，说：哦，董守芳。董守芳问大姐：这就是那个哥吧？大姐说是的。他指着一张椅子让董守芳坐。董守芳没有坐椅子，在一条矮脚板凳上坐下了。董守芳是用一只竹篮子提来的红薯，红薯盛了多半篮子。那些红薯有大有小，都鲜红鲜红。有的拖着须子，有的沾着湿土，还有的与秧根的摘开处冒着一珠乳白色的汁液。董守芳的样子有些拘谨，双脚落到了地上，双眼像是找不到适当的落脚处，把"没有什么可拿"的话又重复了一遍。他说：谢谢你，红薯挺好吃的，我在城里也经常买红薯吃。董守芳的到来，让他稍稍感到有一点意外，一时间，他多多少少也有些不自然。董守芳毕竟是董守明的妹妹，虽说姐妹俩长得不是很像，但眉眼处还是有一些相像的地方，他看见董守芳，难免把董守芳和董守明联系起来。董守明毕竟差一点就成了他的妻子，他和董守明毕竟有过那么一段情缘。而情，是不会陈旧的。衣服会旧，银子会旧，金子也会旧，但情不会旧。也许相反，经历的时间越长，情越是深厚绵长，越能散发出绚丽的光芒。正是情感的波澜所及，看到董守芳，听到董守芳喊他哥，他的心情便不知不觉有些微妙，仿佛有一种亲情维系，他几乎把董守芳看成是一个妹妹。

西风芦花　103

董守芳提到给她的两百块钱,说:哥给的钱太多了,我都不知道说啥好了。他说:不多,不值得一说,你啥都不要说了。你儿子学习怎么样,成绩还可以吧?董守芳说:学习不行,那孩子脑子笨。大姐插话说:你可别说你儿子脑子笨,我听说你儿子学习好着呢!他说:别管你儿子学习怎样,你们都要好好供他上学。现在这个社会,没文化没知识可不行。有一句话,我不知道你听说过没有,穷什么不能穷教育。这句话我是赞成的。董守芳说:好,好,哥的话我都记住了。又聊了几句,他知道董守芳的丈夫到外地打工去了,只有董守芳一个人在家里种地,带孩子。董守芳有两个孩子,一个女儿,一个儿子。他想问问董守明的情况,犹豫了一下,没有问出口。董守芳也没有主动说起她姐姐。

这时,别人家的一只羊跑到大姐家院子里来了。大姐站起来赶羊,董守芳也站了起来。董守芳对大姐说:明天上午,我想请这个哥到我们家吃顿饭。大姐说:不用了,你一说,意思到了就行了。董守芳说:我也不会做啥菜,就请这个哥到我们家吃顿便饭吧。他推辞说:不去了,你的心意我领了。守芳你太客气了!今后你遇到什么困难,只管跟我大姐说,我大姐会转告我的。能帮助你的,我一定帮助你。董守芳说:家里没啥困难,还能过得去。大姐从灶屋拿过一只空篮子,董守芳把红薯尽数倒进空篮子里,才提着自己的空篮子走了。

第二天镇上逢集,大姐到镇上赶集去了。他没有随大姐去赶集,留在大姐家看一本自己带回的书。前些年回老家,他还愿意去赶赶集,到镇上走一走,看一看。有镇政府的干部拉他去喝酒,他一般也不拒绝。他在省文化厅的人事处当处长,镇政府的干部认为他是省政府的干部，对他回老家还是很欢迎的。受到家乡干部的欢迎和热情接待，他心里也很受用。这些年他腿脚懒了，对好多事情都没有了兴趣，也不愿意再和镇里的干部一块儿喝酒。他不知道自己的心态是一个什么样的状态，是把这个世界看透了呢？还是自己老了呢？按说他才五十出头，还不能算老吧！他看书是坐在院子里的小椅子上，看一会儿就愣愣神。阳光照进院子里，也照在他身上，他好久没有这样晒太阳了。隔墙的邻居家有一只母鸡在咯咯地叫，母鸡叫得有些悠长，不像是在寻找下蛋的地方，像是在独自练习歌唱。母鸡的"歌唱"不仅没有打破村子的宁静，反而提高了宁静的质量，使宁静变得旷古而幽远。

大姐赶集还没有回来，董守芳提着一条鲤鱼进院子里来了。鲤鱼个头不小，看样子有五六斤重，一二尺长。董守芳提溜着拴鱼头的绳子，鱼尾几乎拖在地上。董守芳进院时还是先叫嫂子。他站起来说：我大姐赶集去了，还没回来。董守芳说：我也刚从集上回来，怎么没碰见嫂子呢！他问：守芳，你这是干什么？董守芳说：我请哥去我们家吃饭，哥不去，我就给哥买了一条鱼。他几乎拿出了当哥的样子，说：守芳，不是我说你，你跟我太见外了。你快把鱼拿回去，做给孩子吃。董守芳说：哥要是不把鱼收下，我就把哥给我的钱给哥送回来。他说：嗨，你这个妹妹呀，叫我怎么说你才好呢！好好，这条鱼我收下。他伸手接鱼，董守芳却不把鱼交给他，说：你不用沾手了，别沾一手腥。灶屋的墙上有一根挂晒辣椒的木橛，董守芳把大鱼挂在木橛上了。他估计了一下，买这条大鱼恐怕要花二三十块钱。董守芳真是一个实在人。

西风芦花

他没请董守芳到堂屋里去，说：在院子里坐一会儿吧，院子里暖和。他从堂屋里又拿出一把小椅子来。董守芳说：不坐了吧，我该回去了。他挽留说：坐一会儿吧，我还想问问你姐姐的情况呢！一切都是因董守芳的姐姐所起，躲避着躲避着，到底还是没躲开董守芳的姐姐。董守芳听他说要问姐姐的情况，就在小椅子上坐下了。董守芳今天穿了一件花方格的新衣服，新衣服的折痕处还没有完全撑开。董守芳像是新洗了头，头发梳得光溜溜的。董守芳的神情还是不太自然，眼睛看看院子里的柿树，又看看天，两只手也像是没地方放。他还没开始问，董守芳就主动说起来了。她说：我姐过得挺好的。我姐两个儿子，一个闺女。我姐的两个儿子都结了婚，闺女也出门子了。我姐连孙子都有了。她的两个儿子儿媳都外出打工，两个孙子都在家里跟着我姐。他说：你姐真够能干的，把自己的儿子带大了，又帮儿子带儿子的儿子。等儿子的儿子再有了儿子，不知是不是还是你姐帮着带呢。说着笑了一下。他故意绕口令似地说了一大串儿子，是想给谈话的内容添一点儿笑意，使他和董守芳的交谈变得轻松些。听他这样说话，董守芳果然笑了。董守芳的笑，让他想起董守明的笑，姐妹俩的笑法一模一样。

他说：你姐还给我做过一双鞋呢，不知你有没有印象？董守芳说：咋没有印象呢，有印象。我姐做那双鞋精心得很，一针一线都是先从心里过，再从手上过。我姐把鞋看得比宝贝还宝贝，谁都不让摸，不让碰。我姐把鞋做好后，我想看看，她都不让看。他说：回想起来，是我做得不对，我不该把那双鞋还给你姐。董守芳说：事情都过去那么长时间了，不用再提了。是我姐配不上你,我姐没福。他说:也不是这样。我那时年轻,做事欠考虑。有什么想法,给你姐写封信就是了,何必把那双鞋还给你姐呢。那双鞋别人又不能穿,我还给你姐,不是在你姐心里添堵嘛!董守芳说:我姐出嫁时,把那双鞋放在箱子里带走了。后来听说,被我姐夫看见了,姐夫就把鞋给她扔了。他听了心里一沉,他的心像是被人用鞋底抽了一下。此时他突然明白,原来三十多年来,他一直没有把那双鞋放下来,一直关心着那双鞋的命运,现在他终于把那双鞋的命运打听出来了。他说:听你这么一说,我觉得我更对不起你姐了。说着,他的眼睛差点湿了。

董守芳问他,还要在这里住几天。他说,他请了五天假,再住一两天就回去了。因为大姐夫死了,大姐心里难过,他陪大姐说说话。董守芳说:嫂子是个好人,我就喜欢跟嫂子说话。董守芳又说:哥这两天要是不走,我去跟我姐说一声,让我姐来跟哥说说话吧。我姐家在西南洼,离这里只有七八里路,我骑上自行车,一会儿就到了。这话怎么说,恐怕没法说,谁看见谁都会觉得尴尬。他说:万万使不得,你千万不要让你姐来。你姐的日子过得很平静,也很幸福,我不能对她的平静和幸福造成干扰。董守芳问:你不想见见我姐吗?你把鞋还给我姐后,我姐回家还痛哭了一场呢!他说:不是我不想见你姐,我估计你姐不想见我,说不定你姐还在生我的气呢!董守芳说:我只管跟她说一声,她愿来就来,不愿来,也别埋怨我没跟她说。他说:守芳,你要听话。我看见你,就算看见你姐了。你不但不要让你姐来,连你看见我回来的事,都不要对你姐提起。有些事情只适合放在心里,不适合说出来,一说出

西风芦花　107

来就不好了，对谁都不好。我的意思你明白吧？

董守芳还没说明白不明白，他的大姐赶集回来了。他把刚才的话题打住，赶紧对大姐说，董守芳送来了一条大鱼。大姐把挂在墙上的大鱼看到了，对董守芳有所埋怨，说守芳你看你，又花那么多钱，买这么大的鱼干什么！我这里有炸好的鱼，还有鸡，都还没怎么吃呢！大姐从篮子里拿出一块鲜红的羊肉，说这不，我又买了一块羊肉回来。董守芳说：我请哥吃饭，哥不去，我不买点什么，心里总有点儿过意不去。大姐说：要不然这样吧，晌午你别做饭了，就在这儿吃。让你儿子也过来一块儿吃。董守芳站起来了，说：那可不行，我不在这儿吃。董守芳的脸有些红，她没说出不在这儿吃的理由，还是说我不在这儿吃。说着，就向院子门口走去。大姐看出了董守芳的窘迫，跟董守芳开玩笑：那你不能走，要走，就把你的鱼提走。董守芳的脸红得更厉害，说：俺不哩，那不能提走。董守芳加快了脚步，还是出门去了。

大姐在灶屋里做午饭，他接着看书。他的精力像是不大能够集中，看第一行，字还是字，看第二行时，字就散了，散成了一片。董守芳有两句话让吃到心里去了，那两句话如两列长长的海浪，正翻滚着，一浪接一浪向他涌来。一句是，他把鞋还给董守明时，董守明回到家里痛哭了一场；另一句是，董守明的丈夫把那双鞋给扔掉了。这两句话同时又是两个细节，而每个细节都很具体，有时间，有地点，有氛围，有场景，动作性也很强，可供想象的余地很大，足够他想象一阵子的。想象的结果，他快被滚滚而来的"海浪"吞没了。

在下一个集日，董守芳在镇上碰见了姐姐董守明。好几个月不见姐姐了,看见姐姐,她有些欣喜,喊着姐,你也来赶集了!董守明说:我来买点化肥。董守芳说:姐,你怎么老也不来看我!她的样子像是有点撒娇。董守明笑笑说:你也没去看我呀!董守芳说:你今天就到我家去,我给你做好吃的。董守明看着妹妹,说:你这闺女,不是遇到什么喜事儿了吧?董守芳说:我哪里会遇到什么喜事,我就是有点想你,你要是不去,我该生气了。董守明说:我什么都没给你买,总不能空着手去吧。董守芳说:你什么都不要买,我邻居家的嫂子送给我的有炸好的鱼块儿,回家我给你熬鱼吃。董守明是骑自行车来的,半袋子化肥已买好,在自行车的后座上放着。她像是想了一下,坚持给妹妹买了十几枚红红的烘柿,放在妹妹提着的篮子里,才跟着妹妹,向妹妹所在的村庄走去。土路的两边,一边是一条河,另一边是麦地。河坡里也有野生的芦苇,芦苇的穗子在西风吹拂下闪着微光。几只斑鸠从芦苇丛里起飞,集体飞到麦子地里去了。麦子地里的坟前还有人烧纸,零星的小炮向坟中人、也向坟外人报告着黄纸化钱的消息。一群大雁在空中鸣叫着,向远方飞去。董守芳对董守明说:姐,你到我们家,我领你去一个嫂子家看一个人。董守明站下了,问:谁?她的样子顿时有些警觉。董守芳说:我先不告诉你是谁,等你一见就知道了。走嘛!董守明不走,说:你不告诉我是谁,我就不去了。其实,董守明已经猜出妹妹要带她见的人是谁,以前妹妹跟她说起过,那个人的大姐和她的妹妹同在一个庄。世上的人千千万,一些人来了,一些人走了;一些人生了,一些人死了,每个人认识的人都很有限。而一个人一辈子所能记起的人能有几个呢!其中,不说名字她就能猜出是谁的人更是少

西风芦花

109

而又少。她的脸色有些发黄，扶着自行车手把的手也微微有些抖。董守芳说：我跟你说了是谁，你一定跟我去吗？董守明说：那不一定。守芳，你跟我搞的是什么名堂哟！不行，我今天不能跟你去，我该回去了。说罢，不顾董守芳说着：姐，姐，你干嘛，人家还想着你呢，只管把自行车调转车头，朝相反的方向骑去。

  回到省城，他给大姐打了一个电话，说他顺利到家了。大姐说：董守芳到她姐家去了，从她姐董守明那里捎回了一双布鞋，送到我这里来了。鞋还是董守明原来给你做的那一双，黑春风呢的鞋帮，枣花针纳的千层底，鞋还是新的，用一块蓝格子手绢包得很精样。他沉默了一会儿，对大姐说：您把鞋先收起来吧，到明年清明节前，我回去把鞋取回来。

2009年3月13日至23日于美国华盛顿州奥斯特维拉村

想象的局限

刘庆邦

一篇小说开了头,我往往有些怀疑,这个东西能不能写成一篇小说。这种怀疑,是对自己想象力的怀疑,担心力不能及,不能建成一个完整的或完美的小说世界。这样的心态对创作是不利的,甚至有些犯忌。我得赶紧打消这种怀疑,让自己在想象的力量上自信起来,坚定起来,将小说往前景灿烂的方向努力。我对自己说,想象如月光,无处不洒到,有着普世的性质。想象是自由的,飞翔的,只有想象尚未抵达的地方,没有想象不可抵达的地方。你可以限制我的脚步,但约束不了我想象的翅膀。你可以遮蔽我的双眼,但遮不住我心中想象的光芒。我的想象可以越过高山,越过平原,穿过池塘,穿过庭院,进入人们心灵最隐秘的角落。社会生活提供给我们的是因,是果。是想象把因果联系起来,完成从因到果的详细和生动过程。碌碌人世所呈现的常常是一些假象，是想象把假象一层层剥去，露出事情或痛苦或无奈的本来面目。我给自己打气是有效的，正是在这样对自己想象力的想象当中，我奋力开拓，写成了一篇又一篇小说，把想象落实在纸上，实现了从精神到物质的转变。

想象属于心理学范畴，它是一种思维活动，也是一种超越肉身的心灵生活；它是灵魂出窍般的精神享受，也是一切创造的前提。想象对文学创作的作用是决定性的，任何作品的形成都离不开想象的参与。想象力是一个作家的基本能力，想象力的缺失，对一个作家来说简直是不可想象的。不仅作家的创作需要想象，人类的一切进步都源于想象。卫星上天，潜艇入水，人类登月，太空行走，都是先有了想象，才逐步变成了现实。人类如果不会想象，没有想象，也许到现在还没有站立起来，仍和其他动物一样四肢着地。人和其他动物的其中一个区别，在于人有想象的能力，动物没有想象能力，或者想象的能力薄弱一些。由于想象力薄弱，所以猪还是猪，狗还是狗。

在通常情况下，想象之门是关闭的，需要开启。开启想象之门的过程，是一个劳动的过程，而且是一个艰苦劳动的过程。打个比方，想象好比是深埋地底的煤炭，要接近它，采取它，需要穿过土一层，石一层，沙一层，水一层，经历许多艰难险阻。而一旦把煤采到，并点燃，它就会焕发出璀璨的光焰。在无意识的情况下，我们的脑子里也会出现一些类似想象的东西，但那些东西是飘渺的，无序的，并不是真正的想象，没有什么价值。要实现真正的想象，我们须给想象规定一个方向，集中全部精力，沿着规定的方向走下去，走下去，一直到灵感闪现的那一刻。我个人的体会，当我在桌前坐下，摊开稿纸，拿起笔来，手脑联动，方能进入想象的状态。稿纸作水，钢笔作桨，想象为船，桨在水里划动起来，想象之船才徐徐离开此岸，驶向彼岸。想象之船也有划不动的时候，这不要紧，我们休息一下，攒一攒劲，再接着向前划就是了。

在我国四大名著当中，有人认为《西游记》最具想象力。我不这么看。我认为吴承恩的想象是重复的。师徒取经路上，遇到一个妖精，识破了，消灭了。再遇到一个妖精，又识破了，又消灭了。如此往复循环。他把一个一个小循环串起来，一环套一环，最后构成一个大循环。《水浒传》也是这个路子。要论想象力的含量，我认为还是要推《红楼梦》。这是因为，想象力的表现不仅在于夸张，变形，扭曲，荒诞，魔幻和一个跟头十万八千里，更在于人情世故和日常生活中的常识。《红楼梦》的每一个情节，每一个细节，每一个人物，都是独特的，发展的。其中的一颦一笑，一钗一裙，一花一影，一水一波，都安排得妥妥帖帖，恰到好处。这才是对想象力最大的考验。曹雪芹在《红楼梦》一开始就借一副对联说：世事洞明皆学问，人情练达即文章。我理解，所谓世事洞明和人情练达，就是深谙人情世故，懂得生活常识。

这就说到想象力的局限了。小说是尘世的艺术，也是现实的艺术。这种艺术与人情世故和生活常识有着紧密的联系，一切想象只能在此基础上展开。离开了这个基础，想象就无从谈起。我常常听到指责，说我们中国的作家缺乏想象力。我不大明白指责所说的想象力指的是什么。但我们必须敢于承认，每个人的想象都是有限的。我们的生命有限，经历有限，阅历有限，生活圈子有限，怎么可能不限制我们的想象呢！我想写一篇关于养蚕的小说，因我没有养过蚕，就得向母亲请教整个养蚕的过程。我在一篇小说中写到纺线，因为不知道多长时间才能纺出一个线穗子，就得问我大姐。想象不能凭空，不能瞎想。只有我们认识到想象的有限性，认识到确有想象不能抵达的地方，才会不断向生活学习，以拓展自己的想象空间。

2008年元旦于北京和平里

从写恋爱信开始

刘庆邦

我1951年12月生于河南沈丘农村。1960年我9岁时父亲病故，母亲带着我们兄弟姐妹6人过日子，家境十分贫寒。此后不久，我祖父和小弟弟又相继死去。我是家里的长子，过早经历的亲人们的生死离别，给我的心灵成长罩上了一层阴影，养成了我压抑、向心、敏感、自尊和负责的性格。1967年初中毕业后，我回乡当了两年农民，1970年被招到煤矿当工人。9年的矿区生活，使我的人生经历更丰富，为后来的创作无意识地积累了大量感情和素材。

1978年，我由河南煤矿调到煤炭部新创刊的矿工杂志当编辑。从矿区到京城，环境的改变，生活经历的反差，使我能够拉开距离，站在比较高的立场对过去的生活进行回忆和反思。这时各地的文学刊物雨后春笋般纷纷办起来了，新时期的文学创作以汹涌澎湃的来势激动着人心，不少文学爱好者按捺不住创作的激情，也拿起笔来，投入文学创作的大潮。我当时面临两种选择，一是复习功课考大学，二是立足编辑岗位，在干好本职工作的同时，业余时间从事文学创作。由于家庭经济条件所限，加上自己不够自信，害怕失败，就放弃了第一种选择。我之所以选择第二条道路，是觉得自己生活底子厚，有可挖掘的创作资源。

我的小说处女作发表在《郑州文艺》1978年第2期。写这篇小说的时间更早一些，是1972年的秋天。从写出到发表，中间隔了6年。有朋友会问，一篇小说的发表怎么拖了这么长的时间？

那时，我在河南一座煤矿的支架厂当工人。因恋爱的事，闹出了一些小小的不愉快。我们的恋爱很正常，并没做什么出格的事。可当时的"气候"很不正常，人家说我们被资产阶级的香风吹晕了，掉到泥坑里去了，要拉我们一把。拉的办法就是批判我们。为了找到批判所需的材料，人家把我写给女朋友的信和诗也要走了。我和女朋友虽然在一个厂，但我愿意给她写信，愿意用文字表达我的心情。除了写信，我还给她写一些断开的短句，也可以说是诗吧。那些诗并不是直接赞美女朋友，主要是写山川的秀丽，表达对大自然的热爱心情。我们厂附近有高高的伏牛山，有深深的山沟。春来时，残雪还未化尽，我们一起踏雪去寻访黄灿灿的迎春花。秋天，我们一起到山沟里摘柿子，摘酸枣，到清澈见底的水边捉小虾。初冬，我们登上山的最高处，聆听千年古塔上的风铃声，眺望山下一望无际的麦田。从山里回来，美好的印象还保留在脑子里，让人感到一种愉悦的滋味。突然想到，何不试着把美好的感受写出来呢？于是就趴在床上以诗的形式写起来了。那时脑子可真好使，出手也快，也就人们说的文思如泉涌吧，一会儿就写了好几页，恐怕一百行都不止。写完了甚为得意，就拿给女朋友看。女朋友读得小脸通红，一再说好。她也说不出好在哪里，只是说好。得到第一读者也是唯一读者的赞赏，我来劲了，写得更多，多了就送给她邀赏。女朋友很珍视地一一收藏起来，时间不长就攒下了一大摞。

车间指导员在批判我时，说了一句使我深感惊异的话，以致把别的长篇批判的话都忽略了，只记住了这一句话。指导员说我写的东西充满了小资产阶级情调，加在一起简直就是一部黄色小说。当时我脑子里放光似地闪了一下，心想，我难道会写小说？他说我写的东西是黄色的，我一点也不在意，因为我心里有底，知道自己写的东西非常纯洁，连亲呀爱呀情呀这样的字眼儿都没有。不但格调不低，好像还很"革命"。我重视的是他说的小说这两个字。在此之前，我从没敢想过要写小说，从没有意识到自己有写小说的天赋，是人家批判的话从反面提醒了我，在我心里埋下了从事小说创作的种子。

批判我们毕竟是瞎胡闹，很快就过去了。但不能不承认，是批判巩固了我们的爱情，使我们的爱情经历了阻挠和波折，带有风雨同舟的意思。冷静下来后，我想得多一些。我问自己：你有什么可爱的？因你父亲的历史问题，你不能当兵，不能入党。你父亲早故，母亲领着你们兄弟姐妹五个过日子，家境很不好，你不过是一个穷人。我想到了自己的今后，想到了作为一个男人的责任。为了使自己在精神上胜过别的男人，为了不让自己所爱的人失望，自己应该有所作为。除了干好自己的本职工作，还应在业余时间为自己的生命派一些别的用场。于是我选择了写小说。以前我虽然没写过小说，但我写过别的。我在农村老家时给县里广播站写过几篇稿子，都广播了。在厂里宣传队，我还写过对口词和一个小豫剧。这些都为我写小说打下了一些基础。当时书店里没有小说卖，无从借鉴。我的破木箱里虽然藏有一本《红楼梦》，但和时尚相去甚远，一点也用不上，只好瞎写。写完一篇小说我心里打鼓，这是小说吗？给女朋友看，她说真好。当时没有文学刊物，或许有，我们在山沟里看不到。小说没地方寄，我就敝帚自珍，存在箱子里。写了东西没地方发，积极性很难维持。我不写小说了，调到矿务局宣传部后，我就写通讯报道。通讯工作给我提供了广阔的天地，使我有机会走遍矿区各个角落，下遍全局各个矿井，有机会接触更多的人。我喜欢写人物通讯，写了不少，为后来的创作积累了不少素材。

话说到了1978年，各地的文艺刊物相继办起来了。我看到一本《郑州文艺》，上面有小说、散文、诗歌等。我马上想到了沉睡箱底的那篇小说，翻出来看了一遍，觉得和刊物上发表的小说比也不差。我稍微改了一遍，抄清，就寄走了。寄出后并没有整天挂在心上。那时，我正扑在新闻工作上，一心想当记者。不料编辑部很快来信，认为小说不错，准备采用。我把这消息赶快告诉我爱人（我们已结婚，并有了一个女儿），她高兴得脸都红了。现在看来，这篇小说写得很一般。但六年前写的第一篇小说就发表了，而且还是当期刊物的头条，对我的鼓舞和推动之大是可想而知的。

1980年3月，我在《奔流》发表了第二篇小说《看看谁家有福》。因这篇小说描述了三年困难时期一些真实的生活情景，在读者中引起了很大反响，还有争议。几种不同观点的评论在刊物上连续发了两三期。此后，美国的一位汉学家把这篇小说翻译到了美国。《剑桥中华人民共和国史》还为这篇小说列了一条，称这篇小说的取材超出了十年浩劫的时间范围，直接揭露了三年困难时期农村的饥荒。对这篇小说的批评，给我思想上造成一些压力，但并没有减低我的创作热情，反而激发了我的执拗的创作意志。紧接着，我连续在《奔流》《莽原》发表了十多篇中短篇小说。其中，中篇小说《在深处》还获得了1981年河南省首届优秀文学作品奖。

  同是当过矿工的、已成名的作家陈建功，鼓励我在创作道路上走下去，并给我往《上海文学》推荐稿子。当时在《北京文学》当编辑的作家刘恒，也给我打气，让我多给北京的刊物投稿。1985年，我在《北京文学》发表了短篇小说《走窑汉》。这篇小说得到了汪曾祺、林斤澜等前辈作家的首肯。林斤澜认为《走窑汉》是我的成名作。在上海，王安忆把这篇小说推荐给评论家程德培。程德培写了一篇评论发在《文汇读书周报》上，题目是"这活儿让他做绝了"。同年，程德培把这篇小说收入由他和吴亮主编的《探索小说集》。王安忆自己也写评论，从故事构成的角度分析了这篇小说。这篇小说还被编进了由李国文先生担任主编的《当代小说珍本》。评论家雷达、何志云都在评论中认为，《走窑汉》的发表，标志着我在创作上进入了成熟期。得到这样多的关爱和鼓励，我在创作上更加自觉和勤奋，并逐步建立了自信。

从写第一篇小说开始,我从事文学创作已经36年了,共发表长篇小说7部,中篇小说32篇,短篇小说200余篇,约500多万字。其中长篇小说《断层》,获首届全国煤矿长篇小说"乌金"奖;长篇小说《红煤》,获第五届北京市政府奖。中篇小说《神木》,获第二届老舍文学奖。拍成电影《盲井》后,获第53届柏林电影艺术节银熊奖;中篇小说《卧底》,先后获《十月》文学奖、《中篇小说月报》奖和第12届《小说月报》百花奖,也被拍成了电影。短篇小说《鞋》,获第二届鲁迅文学奖;还有《谁家的小姑娘》《鸽子》《信》《不定嫁给谁》《小小的船》等二十多篇短篇小说分别获《人民文学》《中国作家》《北京文学》《青年文学》《山花》等文学奖项。王安忆认为:"我甚至很难想到,还有谁能像刘庆邦这样,持续地写这样多的好短篇。"李敬泽撰文称:"在汪曾祺之后,中国作家短篇小说写得好的,如果让我选,我就选刘庆邦。"

我的小说被译成英、法、日、德、俄、意大利等外国文字的有30多篇。中篇小说《神木》被译成法文后,在法国出了单行本。

除了写小说,我还写了一些贴近矿工的心灵的纪实性文学作品,在全国煤矿产生了广泛积极的影响。如1997年平顶山十矿发生瓦斯爆炸后,我采访了部分遇难矿工的妻子儿女,详细记述了事故给他们精神上造成的痛苦。报告文学以《生命悲悯》为题发表后,原煤炭部一位副部长给我写信,感谢我写出了如此感人至深的好作品,并要求全国煤矿的安全管理干部都要读一读这篇作品,真正为矿工的生命安全负责。

我注意正确处理文学创作和本职工作的关系,不但不因创作影响工作，而是以创作学习不断提高自己的业务水平，促进工作的开展。我利用主编《中国煤炭报》文艺副刊和文学杂志《阳光》的方便条件，为煤矿文学事业的发展做了大量的组织工作，发现和推出了不少文学新人。我参与组建了中国煤矿作家协会，并被推选为煤矿作家协会主席。1997年10月，《新闻出版报》在"名编辑采风"专栏，介绍了我如何做好编辑工作的事迹。我还在国家实施的"百千万人才工程"中，被原煤炭工业部列为"全国煤炭系统专业技术拔尖人才"。

在我最需要集中时间和精力投入文学创作的时候，2001年底，我被调到北京作家协会，成为一名不用到单位坐班的专业作家。我不断听到对专业作家体制的质疑之声，但从我个人的体会来说，专业作家体制还是很有必要的。这首先使我的创作时间有了保障，可以写一些比较长的作品。在业余写作时，我多是写短篇小说，把零零碎碎的时间集中起来，一篇短篇一个月才能写完。成为专业作家后，我就可以集中大块时间写长篇小说。这六七年来，我已写出了四部长篇小说。时间的保障只是一个方面，更重要的是，它使我有了一种专业精神。这种专业精神促使我对自己提出更高的标准，和更严格的要求，自觉担负起为国家的文化建设做贡献的责任，力争写出更好的作品。

我的小说多取材于农村和煤矿这两个领域，因为我对这两个领域的生活比较熟悉。这也说明我可能比较笨，想象力不够发达，只能从人生经验出发，只能写自己熟悉的生活。由于我对生活的依赖，每年我都要回到农村老家住一段时间，每年都要到煤矿走一走，看一看。我认为每个作家都有自己的根，这个根就是作家生于斯长于斯的老家。作家若深入生活,最好的去处就是回老家。回到老家,就找到了生活的源头,和自己有着血肉联系的生活就会迎面扑来。这时,不是你去找生活,是生活在找你,你想躲,都躲不开。去煤矿,我不愿去现代化的大矿,愿意去比较落后的小煤窑。我对现代化不够敏感,对贫穷、苦难和原始的生产方式都比较敏感。有一年,我到某个用骡子拉煤的小煤窑住了几天,情感受到很多触动,回头写了好几篇小说。其中发表在《人民文学》的短篇小说《鸽子》,还获得了当年的"茅台杯"人民文学奖。

2007年9月,我被解放军艺术学院聘为文学系的兼职教授。这促使我加强理论学习,对自己的创作经验进行总结。我曾给文学系的学员讲过短篇小说、细节、语言,以及文学与新闻的区别等专题,从理论上提高了对小说的认识。

我写作不是很拼,主张细水长流,持续写作。沈从文说过,走上文学创作这条路并不难,走到底不易。我对自己的文学才华时有怀疑,但我对自己的创作意志和耐心充满自信。我会在文学创作这条路上走下去,走下去。

刘庆邦创作年表

1986年
长篇小说《断层》由中国文联出版公司出版。

1990年
中短篇小说集《走窑汉》由文化艺术出版社出版。

1996年
中短篇小说集《心疼初恋》由京华出版社出版。

1998年
中短篇小说集《刘庆邦小说自选集》由河南文艺出版社出版。

1999年
长篇小说《高高的河堤》由河北少儿出版社出版。

2000年

长篇小说《落英》由花山文艺出版社出版。

中短篇小说集《神木》由山西北岳文艺出版社出版。

2001年

中短篇小说集《梅妞放羊》由长江文艺出版社出版。

2002年

长篇小说《远方诗意》由长江文艺出版社出版。

中短篇小说集《不定嫁给谁》由时代文艺出版社出版。

中短篇小说集《刘庆邦中短篇小说精选》由花山文艺出版社出版。

中短篇小说集《民间》由新疆人民出版社出版。

中短篇小说集《少年时代》由新疆人民出版社出版。

中短篇小说集《遍地白花》由新世界出版社出版。

2003年

中短篇小说集《胡辣汤》由北京十月文艺出版社出版。

中短篇小说集《女儿家》由中国文联出版社出版。

中短篇小说集《家园何处》由上海文艺出版社出版。

中短篇小说集《响器》由上海文艺出版社出版。

中短篇小说集《别让我再哭了》由上海文艺出版社出版。

2004年

长篇小说《平原上的歌谣》由上海文艺出版社出版。

中短篇小说集《无望岁月》由工人出版社出版。

中短篇小说集《河南故事》由昆仑出版社出版。

散文随笔集《从写恋爱信开始》由国际文化出版公司出版。

2005年

中短篇小说集《到城里去》由中国广播电视出版社出版。

中短篇小说集《红围巾》由春风文艺出版社出版。

2006年

长篇小说《红煤》由北京十月文艺出版社出版。

中短篇小说集《刘庆邦小说》由中国社会出版社出版。

2007年

中短篇小说集《卧底》由四川文艺出版社出版。

2009年

长篇小说《遍地月光》由北京十月文艺出版社出版。

中短篇小说集《黄花绣》由作家出版社出版。

2010年

《神木》由电子工业出版社出版。

《在雨地里穿行》由百花文艺出版社出版。

2014年

《黄泥地》由北京十月文艺出版社出版。

2016年
《少男》由云南晨光出版社出版。
《神木》由文化发展出版社出版。
《月光记》由江苏凤凰文艺出版社出版。

2017年
《幸福票》由华东师范大学出版社出版。
《野生鱼》由民主与建设出版社出版。

2018年
《杏花雨》《怎不让人心疼》由人民文学出版社出版。
《送你一片月光》由人民日报出版社出版。
《刘庆邦短篇小说编年卷》(共6卷)由上海文艺出版社出版。

2019年
《绿色的冬天》(彩插版)由辽宁师范大学出版社出版。
《小呀小姐姐》由中国言实出版社出版。
《刘庆邦短篇小说编年》(2003—2018)由河南文艺出版社出版。

2020年
《神木》由河南文艺出版社出版。

百年中篇典藏

林贤治 主编

《阿Q正传》　　鲁迅 著
《她是一个弱女子》　　郁达夫 著
《莎菲女士的日记》　　丁玲 著
《二月》　　柔石 著
《生死场》　　萧红 著
《林家铺子》　　茅盾 著
《丽莎的哀怨》　　蒋光慈 著
《长河·边城》　　沈从文 著
《阳光》　　老舍 著
《八月的乡村》　　萧军 著
《小二黑结婚》　　赵树理 著
《饥饿的郭素娥》　　路翎 著

《组织部来了个年轻人》　　王蒙 著
《大淖记事》　　汪曾祺 著
《绿化树》　　张贤亮 著
《被爱情遗忘的角落》　　张弦 著
《人到中年》　　谌容 著
《小鲍庄》　　王安忆 著
《关于詹牧师的报告文学》　　史铁生 著
《褐色鸟群》　　格非 著
《妻妾成群》　　苏童 著
《小灯》　　尤凤伟 著
《回廊之椅》　　林白 著
《到城里去》　　刘庆邦 著